ニンジンでトロイア戦争に勝つ方法

上

レベッカ・ラップ
Rebecca Rupp
緒川久美子 訳

世界を変えた20の野菜の歴史

HOW CARROTS WON THE TROJAN WAR Curious (but True) Stories of Common Vegetables

原書房

ニンジンでトロイア戦争に勝つ方法　上

目次

下巻目次

はじめに

畑で栽培される野菜、自生する野菜

「菜園から喜びを得ない者がいるだろうか」
――ジョン・サンダーソン（『パリのアメリカ人（*The American in Paris*）』の著者）

ロチェスターの主席司祭でもあった英国の園芸家サミュエル・レイノルズ・ホールは、一八九九年に楽しげにこう記している。「私が少年に『庭は何のためにあると思う?』と訊いたら、彼は『イチゴを作るため』と答えた。少年の妹と姉は口々に、『クロッケーをするためじゃない?』『ガーデンパーティーのためよ』と言った。オックスフォード大学の学生の兄は『ローンテニスとタバコのため』だと即答したが、眼鏡をかけたやや襟足の長い、いかめしい雰囲気の年嵩の男性が『庭というのは、植物を研究して分類するという学問のためにあるのだ』と諭した。男性が続けて無子葉植物と単子葉植物の違いについて語りはじめたので、大学生は約束を思いだしたと言って立ち去った」

現在、同じ質問をしても、答えはやはり人によって違うだろう。ヴァーモント州バーリントンにあるナショナル・ガーデニング・アソシエーション（NGA）の行った最新の調査では、家庭菜園を営む人の五八パーセントは味のいい野菜が欲しいからというグルメ系の回答を、五四パーセントは節約のためという倹約志向の回答を、四八パーセントは安全な野菜が食べたいからという心配性な回答を、二三パーセントは作ったものを人に分けてあげたいという気前のいい回答をした。イリノイ大学の調査では、健康的な食べ物が手に入るという理由以外に運動になるからという回答も多く見られた。体形に気を遣う人たちによれば、一時間土を掘り返すと三〇〇キロカロリーが消費でき、ウエストが引きしまるらしい。

面白いからという回答はなかったが、NGAのアンケートで「その他」と答えた九パーセントの中に、「イチゴ」や「クロッケー」のためというような愉快な動機が隠れていると考えると楽しい。

理由はともあれ、アメリカの半数近くの家庭で野菜は作られている。ではこの四三〇〇万もの家庭菜園でどんな野菜が栽培されているかというと、断トツの人気を誇るのはトマト。続いてキュウリ、ピーマン、インゲンマメ、ニンジン、カボチャ、タマネギ。収穫量もかなりのもので、金銭価値に換算すると年間二一〇億ドル分にもなる。現在のように生きていくのがなかなか大変な時代には、無視できない金額と言えよう。

母親たちがこぞって言うように、野菜は健康にいい。体に必要不可欠なものだ。種々の統計では、私たちが一日に必要とするビタミンCの九〇パーセント、ビタミンAの五〇パーセント、ビタミンB_6の三五パーセント、マグネシウムの二五パーセント、ナイアシン（ビタミンB_3）・チアミン（ビタミンB_1）・鉄の二〇パーセントが、果物や野菜から摂取される。野菜中心の食生活は癌や心血管系の疾患のリスクを軽減し、寿命を延ばし、スリムな体形の維持に貢献する。食に関して何冊もの著書を持つマイケル・ポラン教授の言葉を借りれば、巷のスーパーにあふれる怪しげな工程を経た、添加物でいっぱいの加工食品と違って、野菜は自然が作りだしたままの「本物の食べ物」なのだ。

それなのに長い歴史において、野菜は不当に軽視されることが多かった。ヨーロッパでは「そこらへんで引き抜いてきた草や根」とばかにされ、地味だが活用範囲の広いタマネギを除き、ほとんど見向きもされなかった。中世には農民は主にムギの粥《ポリッジ》とチーズを食べ、それより上の階級の人々は肉食嗜好でハクチョウ、ツル、クジャク、子豚、アーモンドミルク漬けのチキン、ウズラ、ヤマウズラ、ハト、ウサギ、鹿、子牛などを食べていた。

たしかにツル、クジャク、ローストしたウサギの肉は、栄養的に優れた食品だ。必須アミノ酸の摂取という観点からすると肉のタンパク質は完璧に近く、完全食品と言われる卵に匹敵する。ネアンデルタール人の主食は赤身の肉だったたし、九六九年生きたと聖書に書かれているメトセラも赤身の肉を日常的に食べていた。

英国の官僚サミュエル・ピープスは腎結石除去手術の成功を記念して毎年晩餐会を催したが、一六六三年の料理はウサギとチキンのフリカッセ、ゆでたマトンの脚、ハトのロースト、ウナギのパイ、アンチョビ料理などで、野菜はまったく使われていなかった。一七四七年にアメリカの作家、建築家のロバート・キャンベルはソースやサラダで気取った飾り付けをする「下品な味覚」を持つフランス人を非難し、ローストビーフこそ英国人にふさわしい食べ物だと声高に主張した。現代の栄養学者たちでさえ、もし無人島にひとつだけ食べ物を持っていけるとしたら芽キャベツではなくホットドッグがいいと認めている。

しかし栄養的には肉食に軍配があがるとされていた一方、精神への影響という面では菜食のほうがはるかに優れていると昔から考えられてきた。菜食主義が提唱されたのはかなり古く、紀元前八世紀には古代ギリシャの詩人ヘシオドスがゼニアオイとアスフォデルを中心とした田舎風の食生活をすすめているが、本人が実践していたわけではなかったようだ。それから二〇〇年ほどたった紀元前六世紀には、ピタゴラスが弟子たちに肉抜きの食事をすすめている。彼は「菜食主義の父」とも呼ばれ、一八〇〇年代半ばに「菜食主義」という言葉が使われるようになるまでは、「ピタゴラス式食事法」と言えばそうした食生活を意味した。彼の意図は若い哲学者たちに心の平安をもたらし、動物的な情熱を抑えることだった。

植民地時代のアメリカで最も初期に菜食主義を主張したひとりが、アメリカの政治家、科学者のベンジャミン・フランクリンだ。若い頃フィラデルフィアで印刷工をしていた彼は、雇い主のサミュエル・キーマーとともに三カ月間にわたって菜食主義を果敢に実践した。「私は快適にこの食生活を続けていたが、哀れなキーマーは相当つらかったらしく、しだいに嫌気が差したようだ。そしてとうとう耐えられなくなった彼はポークローストを注文したあげく、食事に誘っていた私と女友達ふたりを待ちきれず、運ばれてきた料理をひとりで全部平らげてしまった……」と彼はのちに振り返っている。

その後もフランクリンはひとりで菜食主義を続けていたが、ボストンから戻る船旅の途中で挫折した。ブロックアイランド沖で船が座礁して野菜の備蓄が尽き、空腹に耐えかねてタラのフライを食べたということだ。

トマス・ジェファーソンは大いに野菜を好み、一八一九年の手紙に「動物の肉はほとんど食べない。少し食べるのもそれ自体が目的ではなく、野菜をおいしく食べるための風味付けだ。野菜こそ私の主食だ」と記している。しかし彼はかなり例外的な存在で、一八三〇年代にアメリカを訪れたイングランド人女性作家のフランセス・トロロープは、アメリカ人はポークと塩漬けの魚とコーンブレッドばかり食べていて驚愕したと書き残している。

一九世紀のアメリカの菜食主義者の中で最も有名なのは、シルヴェスター・グラハムだろう。グラハムクラッカーのグラハムである。一七九四年にコネチカット州ウェストサフィールドで一七人家族の末っ子として生まれた彼は、一八二六年に長老派教会の牧師になった。しかしまもなく聖職を離れ、フィラデルフィアに本部を置く禁酒を唱えるペンシルヴェニア・ソサイエティの代表となり、この任を務めながら解剖学、生理学、栄養学を学んで、のちのグラハムシステムの基礎となる食事理論を作りあげた。

グラハムは、聖書に記されている大洪水の前に「恐ろしいほどの堕落と非人間的な暴力」が横行したのは、過度の肉食のためだと主張した。また、肉、脂肪、塩、香辛料、ケチャップ、マスタード、酒のとりすぎがアメリカ国民を堕落させ、性犯罪を含む犯罪一般に追いやり、精神及び肉体の病にかかりやすくしているのだと断罪した。一八三二年にコレラが大流行すると、大衆はグラハムの主張が立証されたと考え、食生活の改善という概念に強く惹きつけられるようになった。

しかしグラハムシステムは、生半可な覚悟でやり通せるしろものではなかった。オートミールのポリッジ、インゲンマメ、ゆでたコメ、バター抜きの全粒粉のパン、（彼が考案した）グラハムクラッカーという質素な食事に、水風呂、固い寝床、開け放った窓、きつい運動。医師たちの反対にもかかわらず生野菜と果物の摂取が推奨され、飲み物はもちろん水がいいとされた。

このマゾヒスティックとも言えるグラハムの教えを実践する共同生活施設がニューヨークシティとボストンに造られ、そこでは朝五時の鐘とともに起床しなければならなかった。大学のキャンパス内でもグラハムクラブが結成されたが、ほとんどが小規模で長くは続かなかったようだ。オールバニー孤児院の理事たちは施設の運営方針にグラハムシステムを採択したが、それは「大いなる論争を巻き起こし、たびたびマスコミをにぎわせた」。

このように極端に禁欲的なグラハムの主張ではあったが、著しくビタミン不足だった当時の人々が新鮮な野菜の大切さを意識するようになったのは彼のおかげだった。こうしてサラダ用の葉野菜、トマト、ラディッシュ、カリフラワー、アスパラガス、サヤインゲン、ホウレンソウなどがようやく日常の食卓に並ぶようになったが、今と比べてくたくたになるまで加熱されていることが多かった。一九世紀に最も売れた料理本『ミス・レスリーの完全なる料理本、項目別のレシピ集（*Directions for Miss Leslie's Complete Cookery, in its Various Branches*）』（一八四〇）では、エンドウマメとアスパラガスは最低一時間、サヤインゲンは一時間半、ニンジンとビーツに至っては三時間はゆでるべきだとすすめている。

こうして菜食主義が世に広まり、ドイツの作曲家リヒャルト・ワーグナー、ロシアの作家レフ・トルストイ、英国の劇作家ジョージ・バーナード・ショーなどの有名人にも実践する者が出てきた。二五歳で肉食をやめたショーは、「私のように洗練された精神を持つ者は、死体など食べない」と言った（これに対して反菜食主義の英国人ジャーナリスト、J・B・モートンは、「菜食主義者どもはずる賢く意地の悪い目つきをして、冷たく計算高い笑い方をする。小さな子どもをつねり、切手を盗み、飲むものといえば水で、口ひげを好む」と述べている）。

アスリートたちも、なかなか野菜のよさを理解しようとしなかった。古代オリンピックのランナーはタマネギを、ローマ帝国の剣闘士はオオムギのパンを食べていたが、一九世紀のアスリートは赤身肉と黒ビールを好んだ。そして野菜賛成派にとってはいまいましいことだが、肉とビールの食事からは数々のすばらしい結果が生まれた。たとえば一八〇九年に英国のトップアスリートであるロバート・バークリーは、ビールとマトンだけで一〇〇〇時間歩きつづけ、一六〇〇キロメートルを踏破した。

また、一八六〇年代にも目を引く例がある。オックスフォード大学のボートクラブのメンバーが、ときおり夕食時にクレソンを食べる以外はビーフ、ビール、パン、紅茶だけでトレーニングを重ねたのに対し、ライバルのケンブリッジ大学のチームはサラダ野菜、ジャガイモ、新鮮な果物を好きなだけ食べたところ、肉ばかりのオックスフォード大学が一八六一年から一八六九年まで勝ちつづけるという快挙を成し遂げた。このようなエピソードに支えられて赤身肉神話は長く続いたが、二〇世紀に入ると栄養に関する研究が進み、パスタやジャガイモといった高炭水化物食品のほうが素早くエネルギー源になると判明した。

現代のアメリカでも、野菜の摂取量は不足している。二〇〇九年の農務省（USDA）の調査では、アメリカ人は年間平均四一・八キログラムの野菜を食べているが、これは一九九九年の四五・九キログラムから減少しているうえ、一日に三サービング［アメリカで一九九一年から行われている一日に五サービング以上の野菜と果物を食べようという健康増進運動「ファイブ・ア・デイ・プログラム」において、野菜や果物を食べる目安として設定された単位量］以上果物と野菜をとっているのは四分の一ほどにすぎなかった。国民の三分の二は標準体重を超えているか肥満で、五四〇〇万人が糖尿病予備軍の状態。最近行われたある調査では、幼児が最も好む野菜はフライドポテトだった。こんな状況でいいはずがない。カナダのミュージシャンであるジョニ・ミッチェルの曲の歌詞を借りれば、「私たちは庭に戻って、自分自身を取り戻さなくては」ならない。

ウッディ・アレンの一九七三年のSFコメディ映画『スリーパー』は、ハッピー・キャロット健康食品店の元オーナーであるマイルズ・モンローが冷凍睡眠の末、二〇〇年後の世界で目覚めるという話だが、彼は小麦胚芽とオーガニックの蜂蜜を朝食に要求して未来の世界の医師たちを驚かせる。二一世紀では、健康的な食べ物の概念が劇的に変わっていたのだ。

「ああ、なるほどね」と医師のひとりは訳知り顔で笑いをこらえ、「昔はそういうものが体にいいと考えられていたんだっけね」と言う。
「高脂肪食品はなかったってことかい？　ステーキもクリームパイもチョコレートソースもなし？」と仲間の医師は驚愕する。

言うまでもなく菜園の利点は、クリームパイではなくマイケル・ポランが「本物の食べ物」と呼ぶものを生みだすことだ。どんなに用心深い狩猟採集民でも食べ物だと認識できるものを。どぎついオレンジ色のチーズやラベンダー色のマシュマロ入りシリアル、バケツ一杯に盛られた成型チキンのフライなどではなく。

本物の食べ物は手軽に得られるようなものではないとポランは指摘する。良質なものは何でもそうだが、手に入るまで時間がかかる。しかしその変化のプロセスを理解して見守ることができれば、私たちはもっと健康にもっと幸せになれるのだと。

一八二二年にスコットランドの園芸家ジョン・ラウドンは、「野菜や果物をいろいろ作れるから、貧しくても畑のある者は金持ちで畑のない者よりいいものを食べられる」と著書『園芸百科事典（*The Encyclopedia of Gardening*）』で述べている。夫の最初の大統領任期中に、マーサ・ワシントンは家庭菜園に関する指示をマウントヴァーノンの留守宅に書き送っている。「家の中を整えるのと同じ気持ちで菜園を整えるよう、庭師に言い聞かせなさい。野菜は私たちがこの国で生活していくうえで、とても大切なものなのですから」。

もちろん菜園作りの楽しみは野菜が手に入ることばかりではない。昔から畑は、心を満たすというさらに大きな役割を担ってきた。私の想像だが、新石器時代の人々だってきっと、自分たちが初めて植えた不揃いなムギの列を見て喜びを感じたに違いない。それは「創造の喜びに手を染めたことのない」者が「決して理解することもなければ抱くこともない愛情」だと、コンコードの自宅に菜園を持っていたアメリカの作家ナサニエル・ホーソーンは述べている。「盛り土を割ってインゲンマメが力強く芽を出しているさまや、エンドウマメの若芽が畑に繊細な緑の線をかすかに描いているさまは、この世で最も魅惑的な光景だ」と言う彼の気持ちが、私にはよくわかる。

一八九〇年代にドイツの領地の菜園で野菜を熱心に育てたエリザベス・フォン・アーニム伯爵夫人は、「優雅でもないし汗もかくけれど、神に祝福された仕事です。もしイヴが鋤を持ちその使い方を知っていたならば、アダムをリンゴで誘惑するなどという悲しい所業には及ばなかったかもしれません」と言っている。アメリカの児童文学作家バーバラ・クーニーの魅力的な絵本『ルピナスさん』では、主人公が世界をもっと美しくしようと花を植える。世界をより美しくすばらしい場所にするために、私たちは庭を造る。

そのために庭はあるのだと、私は思う。

第1章　アスパラガス（フランス国王を誘惑する）

カーマ・スートラ
ペルシャの詩人
ミスター・ラムズボトムの致命的失敗
神父の卒中
ポンパドゥール夫人の下着

エドゥアール・マネ『アスパラガス』1880年

「アスパラガスを食べると、優しい気持ちになる」

――チャールズ・ラム（英国の作家）

「ところで、君が作っているアスパラガスの出来はどうだい？」

――ジョン・アダムズ（第二代アメリカ大統領）が妻のアビゲイルに送った手紙

思うに、アスパラガスの難しさはその栽培法にある。物の本にはまず溝を掘るとあるが、その大きさについては意見がまちまちだ。深さ一五センチ程度でよいとしているものもあれば、深さ三〇センチ幅四五センチは必要だとするものもある。マーサ・ワシントンは『料理の本（*Book of Cookery*）』で、「アスパラガスをたくさん収穫したかったら、深さ一メートルの溝を掘り、牛糞の肥やしをたっぷり加えて埋め戻さなくてはなりません」と説いている。

しかし、深さは違っても溝は溝。戦場で塹壕を掘るような悲惨で厳しい泥まみれの労働が待っていることに変わりはない。血や汗、背中の痛みや水ぶくれを伴う「溝掘り」は、畑仕事のつらい一面だ。

とはいうものの、溝掘りは一度頑張ってやってしまえば、かなり長い期間またやる必要はない。アスパラガスは野菜には珍しく多年生なので、同じ株から二〇年も三〇年も収穫しつづけられるのだ。

またアスパラガスがとりわけすばらしいのは、場所を選ばないということだ。幅広い環境と土壌に容易に適応し、ＮＡＳＡの科学者によれば、なんと極寒の火星の赤土でも栽培できるという。二〇一〇年に火星探査機フェニックス・マーズ・ランダーがロボットアームで採取した火星の土壌サンプルは、分析の結果ややアルカリ性で、マグネシウム、ナトリウム、カリウムが含まれていた。イチゴは無理でも、アスパラガスやカブなど厳しい環境に強い植物なら十分育てられるレベルだと判明したのだ。

このようにアスパラガスは非常にたくましい植物だが、その反面成長が遅い。特に種から栽培した場合は収穫するまで何年もかかってしまうので、一年生や二年生の苗を使うほうがいい。それでも収穫に三年はかかるから、そのつもりで始めなくてはならない。

私がこうして念押しするのは、収穫できるところまで育つ前のアスパラガスを置いて何度も引っ越しをした経験があるからだ。家族のあいだでは「アスパラガスを植えると引っ越さなければならなくなる」といういやなジンクスができつつある。だから私たちは今、ジレンマの渦中にある。今住んでいる家をとても気に入っているのだが、それでもこんなにおいしい野菜を作らないのはいかにも惜しい。それに最初の溝掘りさえこなしてしまえばあとは楽なのだと考えると、すっぱりあきらめきれない。

アスパラガスの分類

旧分類法では、アスパラガスはユリ科に分類されていた。二八〇の属と四〇〇〇の種からなる非常に大きな科で、仲間にはチューリップ、イースターリリー、タマネギ、イヌサフラン、リュウケツジュなどがある。「竜の血」と呼ばれるリュウケツジュの樹液はニスとして使われ、アントニオ・ストラディヴァリが製作した有名なバイオリンの仕上げにも使われた可能性がある。

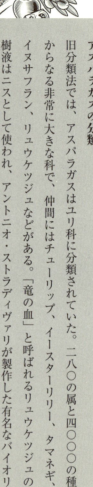

現在では、アスパラガスを独立させてクサスギカズラ科としたほうがいいと主張する学者もいる。この新しい分類では、たったひとつの属（三つに分けることも）と約三〇〇の種からなるこぢんまりとした科には、食用のアスパラガスや花束によく使われるレース状の葉のアスパラガスファーンが含まれている。

時代は変わっても、アスパラガスは常に性的効果を持つ食べ物とされてきた。理由は若芽の形状が明らかに男性器を思わせるからだろう。春先に地を割って出てくるさまが、若い男性の愛の表現のようだ。一世紀に大プリニウスは三七巻に及ぶ大著『博物誌』でアスパラガスは強精剤だと述べ、二世紀にサンスクリット語で書かれたヴァーツヤーヤナ著の伝説的性愛論書『カーマ・スートラ』にも同様の記述がある。カーマ・スートラでは「装身具についての、相手の心を得る方法について、強壮剤について」という章で元気のない恋人に精力をつけるための数々のレシピが示されているが、そのうちのひとつはコショウ、リコリス、蜂蜜、バターを加えたミルクで煮たアスパラガスのペーストである。

ルネサンス時代の西ヨーロッパでは、性欲の減退している男性にはプルーン、ニンニク、イラクサの種、干した狐の睾丸と並んでアスパラガスにも効用があるとされた。一九世紀のフランスでは、花婿は三皿からなるアスパラガスのコース料理を食べて新婚初夜に備え、女学校では感じやすい一〇代の少女たちの想像を刺激しないよう、このわいせつな野菜を供することが禁じられた。

性的欲望を高める効果にもかかわらず、あるいはその効果ゆえに、人々は古代ギリシャや古代ローマ時代からアスパラガスを食べてきた。ポンペイの壁画にはあとは鍋に入れるばかりの新鮮なアスパラガスが描かれているし、古代ローマ時代の著述家プルタルコスはユリウス・カエサルが北イタリアでアスパラガス料理のもてなしを受けている様子を描写している。ただし家の主人の指示でオリーブオイルではなく没薬漬けにされていたため、カエサルはあまりうれしそうではない。

初代ローマ皇帝アウグストゥスの頃から、「アスパラガスを調理するより早い」と言えば「全速力」という意味だった。つまり古代ローマ人は、アスパラガスをアルデンテで食べるのを好んだようだ。『コキナリア：料理の芸術（*De Re Coquinaria*）』とも呼ばれるローマ帝国最古の料理本『アピキウスの料理帖』はアスパラガスの調理法について、「そのおいしさを最大限に引きだす」には皮をむいて洗ったのち、根元のほうから沸騰している湯に入れよと言っている。アスパラガスの全長が浸かる深さのある鍋の中で先端が水面から少しのぞく状態でゆでろという指示で、時間は書いていないがそう長くないものと思われる。ただしあとに出てくる別の料理では長くゆでてつぶし、コショウ、ワイン、油、フィッシュソース、フィグペッカー（ウグイスの一種）とともにパイに詰めて焼く。

アスパラガスは野菜版バイアグラと目されていただけでなく、鬱血性心不全から腎結石まで さまざまな病気に効くと考えられていた。大プリニウスによれば、アスパラガスは視力を高め、象皮病を緩和するらしい。また胸や脊柱の痛みを予防し、腸の病気を改善し、黄疸を治し、ヘビに嚙まれた際の治療に使える。さらに「油とよくまぜたアスパラガスを肌に塗れば、決して蜂に刺されない」と大プリニウスは大真面目に述べている。

しかし残念なことに現代の医学では、アスパラガスはどんな病気にもたいして効果はないと判明している。ただし韓国の国立チェジュ大学医学部による最近の研究では、二日酔いを和らげる働きがあるらしい。アスパラガスのエキスは肝臓の重要な酵素の活動を活発にしてアルコールの代謝を促すということで、要するに近所のバーに繰りだしてどんちゃん騒ぎをする前にアスパラガスをたっぷり食べておくといいということらしい。

アスパラガスはローマ帝国の没落とともにヨーロッパではほとんど姿を消したが、中東では変わらない人気を誇った。一〇世紀のペルシャの歴史書『ムルージュ・アッ＝ザハブ：黄金の牧場（*Muraj al-Dhahab*）』には、アッバース朝カリフ、アル＝ムスタクフィの宮廷で、詩人たちがいろいろな料理について聞くだけで唾がわいてくるような描写を競いあった様子が描かれている。「書記官」という呼び名で知られるバグダードの詩人クシャジムは、ソースに浸したアスパラガスへの二二行の賛歌を発表した。この野菜を金、銀、真珠の指輪、最高級の刺繍作品にたとえ、「いかに敬虔な隠者もこのようなごちそうを目の前にすれば／断食を破り全身全霊で味わわずにはいられまい」と結んだ詩を聞いたカリフが我慢できなくなって、ダマスカスまで使いを出してアスパラガスを手に入れさせたのは言うまでもない。

八世紀から一五世紀にかけてスペインを侵略したアラブ人は、同時にこの地にアスパラガスをもたらした。伝わっているところによれば、人気のきっかけは黒い鳥《ジルヤーブ》という名の男だという。九世紀のコルドバ宮廷で活躍したこの創造の才とカリスマ性あふれる音楽師は、文化

アスパラガス・ア・ラ・ポンパドゥール

伝説的な美貌を持つポンパドゥール夫人ことジャンヌ＝アントワネット・ポワソンは二四歳でフランス国王ルイ一五世の愛人となり、一七六四年に死ぬまで国王の寵愛は変わらなかった。ピンクの色合いや前髪をふくらませて留めた髪型は「ポンパドゥール」と呼ばれ、フランスのシャンパングラスは彼女の胸の形を模したとも言われている。一八世紀の英国のある連隊は、軍服の上着の折り返しが彼女の下着と同じ紫色だったことから「ポンパドゥール」という愛称で呼ばれた。見るからに妄想をそそるオランダ産の太いホワイトアスパラガスも、穂先がこの色だ。

ホワイトアスパラガスを使いポンパドゥール夫人の名を冠した、有名な美食家アレクサンドル・グリモー・ドゥ・ラ・レニエール（一七五八～一八三七）によるレシピがある。

・根元を取り除いて固い部分の皮をむき、沸騰している湯に塩を加えてゆでる。
・小指の長さくらいに斜めに切る。おいしい部分だけを選び、ソースを作るあいだ冷えないようあたためた布巾に包んで水を切る。
・小鍋を湯煎にかけながら小麦粉一〇グラムとバターひとかたまりを練りあわせ、ナツメグをたっぷりひとつまみと卵黄二個を加えてさらにまぜる。最後にレモン汁大さじ四を加えてソースができあがったら、アスパラガスを入れて皿に盛り、蓋をして供する。

や家庭の室内装飾の流行を決定する力を持っていた。今で言うカリスマ主婦の火付け役となったマーサ・スチュワートのような人物で、彼女同様テーブルセッティングや窓辺の飾り付けの手本を示すことで莫大な富を得ていた。彼はアスパラガスのおいしさを広めただけでなく、テーブルクロス、練り歯磨き、リュート、クリスタルのワイングラス（それまでは金属製だった）、切り下げ前髪、スープで始まりデザートで終わるコース料理などもスペイン中に広めた。

ジルヤーブがスペインに広めたアスパラガスはフランスに伝わって、時の国王ルイ一四世に気に入られた。一六四三年から一七一五年まで七二年間を統治したこの王の建設したヴェルサイユ宮殿には、「ポタジェ・デュ・ロワ」と呼ばれる王の菜園があった。植物好きの国王は、噴水のある中庭を囲む二五エーカーの菜園で庭師たちが働くさまを宮殿のテラスから眺めたという。庭師頭は元弁護士のジャン＝バティスト・ドゥ・ラ・クインティニで、二九の独立した菜園、王のお気に入りのイチジク七〇〇〇本を含む一万二〇〇〇本の果樹、一二月でも収穫できるよう温床に植えた六〇〇〇株のアスパラガスを統括管理した。

ルイ一五世の数多い愛人たちの中でとりわけ賢かったポンパドゥール夫人もアスパラガスが好きで、バター、卵黄、ナツメグ、レモンを使ったソースに浸して食べていた。この料理は「アスパラガス・ア・ラ・ポンパドゥール」として現代にも伝わっている（前ページ参照）。もしかしたら、夫人自ら腕をふるうこともあったかもしれない。権勢を誇ったポンパドゥール夫人はヴェルサイユに別邸を持ち、王は猟に行くと言い訳をして足しげく通って愛妾と夕食をともにしていた。

イングランドに伝わったのは一六世紀になってからで、一七世紀には大衆向けに市場に出まわるようになった。最初バターシー村近辺で栽培されたので、ロンドンでは「バターシーの束《バターシーバンドルズ》」として売られていたようだ。英国の官僚サミュエル・ピープスの一六六七年四月二〇日の日記には「フェンチャーチ・ストリートでアスパラガスを一〇〇本買って帰った。代金は一八ペニー」と書かれている。彼と妻はこれとサーモンを夕食にした。アスパラガスは一六八五年にジェームズ二世の戴冠を祝う晩餐会でも供されたが、牡蠣の酢漬け、ハトのパイ、ウサギのラグー、小鹿のローストなど一四五種類あったメニューの中に野菜料理はほとんどなかった。

アスパラガスは一九世紀初めに作家ジェーン・オースティンが書いた『エマ』（一八一五）にも登場している。おしゃべり好きのミス・ベイツは子牛の胸腺とアスパラガスのフリカッセについて、がっかりしたとエマに話す。エマの気鬱症の父親はアスパラガスに十分に火が通っていないと言って、料理をさげさせてしまったのだ。

アスパラガスの原産地がどこなのか正確にはわかっていないが、地中海東部及び小アジア周辺らしい。ヨーロッパの海沿いの砂地の崖には、野生種のアスパラガス（学名 *Asparagus prostrates*）が生えている。しかし崖の浸食や観光客に踏み荒らされたり他の低木の勢いに押されたりして、野生種のアスパラガスは絶滅の危機に瀕している。

自然への回帰を提唱したアメリカ人のユーエル・ギボンズは野生種のアスパラガスを追い求めたが、じつはこれはまだそれほど難しいことではない。現在栽培されている多くの野菜、たとえば手のかかるトウモロコシなどと違って、アスパラガスは人が育てなくても勝手に繁殖する。そこでいったん栽培種のアスパラガス（学名 *Asparagus officinalis*）が北アメリカに持ちこまれると、それらはすぐに菜園のフェンスを越えて広い野原へも広がっていったのだ。

こうしてアスパラガスは、またたく間にこの地で繁茂した。英国人旅行家のジョン・ジョスリンは『ニューイングランドで発見した珍しいもの（*New-England's Rarities Discovered*）』（一六七二）で「アスパラガスは繁殖しすぎている」と述べているし、英国人探検家のジョン・ローソンは『カロライナへの新たな航海（*A New Voyage to Carolina*）』で、荒れ地を一〇〇〇キロメートル近く徒歩とカヌーで進んだときのことを「アスパラガスが驚異的なまでに生い茂っている」と描写した。一七四〇年代後半にスウェーデンの博物学者ペール・カーム博士が北アメリカを旅した頃には、野生化したアスパラガスはニュージャージー、ペンシルヴェニア、ニューヨークにまで広がっていた。アメリカ独立宣言に最初に署名した人物のひとりであるジョン・ハンコックのおじに当たるトマス・ハンコックは、一七三七年に種苗業者に宛てて「ミスター・ウィルクスが私のためにそちらから仕入れてくれた、六ポンド四シリング二ペニー分の野菜や花の種には何の価値もなかった。アスパラガス以外はひとつも芽が出ない」という怒りに満ちた手紙を送っているが、このことからはアスパラガスのたくましさが逆にうかがえる。

このように生命力にあふれたアスパラガスだが、私たちが食用としているのは春先に伸びる若芽の部分だ。この若芽は放っておけば高く伸びてシダのような葉をつけた枝となり、ベル形の黄緑色の花をつける。シダのような細い葉は厳密に言うと葉ではなく、光合成のために茎が変化した葉状茎である。

花には雌雄があり、栽培種のアスパラガスには雄株と雌株がある。蜂による受粉のあと、雌株は明るい赤のベリー状の実をつけ、それぞれの実には八粒の種が入っている。この実を鳥が食べ、種が拡散する。

メリーワシントンやマーサワシントンといった伝統的な品種では雌雄の株が半々だが、ジャージージャイアント、ジャージーナイト、ジャージープリンスといったより新しい品種ではすべてが雄株となる。雄株のものは一般的に雌株のものより大きくて味がよく、収量も三～四倍となる。だからアスパラガスは種を蒔くよりも、雄苗を育てるほうがいい。

植民地時代のアメリカでは、アスパラガスは非常に一般的な食べ物だった。ヴァージニア州の農園主ウィリアム・バード二世の一七〇九年の日記には「昼食はリスの肉とアスパラガスだけだった」とあるし、一七七七年にやはり農園主のランドン・カーターは夕食後「ひどく体が重くて眠い」のはアスパラガスのせいだと繰り返し書いている。初代アメリカ大統領ジョージ・ワシントンはマウントヴァーノンの菜園に作った「箱のように囲った区画」でアスパラガスを育てていたし、モンティチェロの菜園で二五〇種もの野菜を育てていた第三代アメリカ大統領トマス・ジェファーソンは、三〇〇メートルほどの区画にタバコの葉で念入りに根覆いをして肥料をたっぷり入れ、アスパラガスを植えた。クロッカスやコマドリと同じようにアスパラガスは春先の風物詩なので、ジェファーソンは毎年初物のアスパラガスが食卓にのぼった日を日記に記録していたが、穏やかな気候のヴァージニアでは四月の第一週あたりが多かった。

ジェファーソンは調理法にもうるさかった。彼のいとこであるメアリー・ランドルフが一八二四年に出版した料理本『ヴァージニアの主婦による系統立った料理法（*The Virginia Housewife, or Methodical Cook*）』には、ジェファーソン家のレシピが数多くおさめられている。

たとえばアスパラガスは皮をむいてから二五本ずつの束にまとめ、塩をひとつかみ加えた沸騰した湯に入れてゆでるとあるが、「やわらかくなる瞬間を慎重に見きわめなければならない。タイミングさえ間違えなければ本来の色と香りを保てるが、一、二分でもゆですぎればどちらも台なしになる」とメアリーは警告している。そしてゆであがったアスパラガスはバターを塗ったトーストにのせて食べるといいとすすめている。

アスパラガスの栽培にコストがかかるのは、食用となる若芽が何週間も出つづけるので収穫期間が長期に及ぶうえ、手作業でなければならないからだ。そこで長いあいだこの野菜は貴族のためのものと見なされ、「王の野菜」「王の食べ物」などと呼ばれた。『美味礼賛』（一八二五）の著者であるフランスの美食家ジャン・アンテルム・ブリア＝サヴァランは、平均的な労働者の賃金が一日当たり二・五フランだった時代にアスパラガスがひと束四〇フランで売られていたことに驚愕した。「アスパラガスが非常に美味であることは認めよう。だがこれほど高くては、どこかの王や王子でなくては食べられまい」と彼は怒りをこめて書いている。ジョン・ラウドンは『園芸百科事典（*The Encyclopedia of Gardening*）』（一八二二）に、「食用のアスパラガスは贅沢品だと考えられているのではないだろうか。上流階級の屋敷の菜園ではずいぶんと幅を利かせ、八分の一ほども占領しているのに、農民たちの作る畑では見たことがない」と記している。

一九三〇年代になってもまだ、食用のアスパラガスが洗練された金持ちの食べ物である状況は変わらなかった。当時のコメディアンのマリオット・エドガーが「アスパラガス」と題した詩を作っている。その詩では、競馬で五ポンド勝ったミスター・ラムズボトムが妻に土産を買って帰る。

彼は果物屋で奇妙なものを見つけた
根元がふくらんでいないリーキのようなもので
薪のように束ねてある
親父は店主に尋ねた。「いったいあれは何だ?」
「アスパラガスでさあ。紳士方が召しあがるもんです」
答えを聞いて、親父は言った。「まさにおれのための食べ物だな。
ふた束もらうとするか。
母さんは果物が好きだからな」

しかしミスター・ラムズボトムはアスパラガスのことをまったく知らなかったので、ウサギを育てることにしたんだと突然怪しげなことを言いだした友達に緑の穂先をすべてやってしまい、棒のような茎だけを家に持ち帰る。すると妻はそれを焚きつけだと思い、こんなに湿った焚きつけでは台所の火をおこせないと文句を言う。

当時アスパラガスを食べられたような抜け目のない人たちは、貴重なものをひとり占めしたがる傾向が強かった。アスパラガスに関する逸話の中でも傑作なのが、フランスの著述家で美食家でもあったベルナール・ル・ボヴィエ・ドゥ・フォントネルのエピソードだ。彼は一七五七年に一〇〇歳の誕生日まであと一カ月というところで亡くなったが、本人によると長生きしたのはイチゴのおかげらしい。大のアスパラガス好きでもあったフォントネルはある日の夕食にもこの野菜をひとりで楽しむ予定だったが、突然訪ねてきたテラソン神父を追い返せず、しかたなく夕食に招待する。そして大事なアスパラガスの半分を神父の好きなホワイトソース仕立てに、残り半分を彼の好きなオイル仕立てにするよう厨房に指示を出す。ところが夕食の直前に、神父が卒中で倒れた。するとフォントネルはあわてて厨房に駆けつけ、「全部オイル仕立てだ！　全部だぞ！」と半狂乱になってわめいたという。

アスパラガスを楽しんだあとに多くの人が悩まされるのが、独特のにおいの尿だ。アスパラガスは「寝室用のおまるを香水の入った容器に変える」とフランスの作家マルセル・プルーストはご満悦だったが、ほとんどの人はそんなふうに感じない。フランス人の医師ルイス・レマリー博士は『さまざまな食べ物についての考察（*Treatise of all sorts of foods*）』に「アスパラガスを食べると尿がいやなにおいになる」と書いているし、アメリカの政治家、科学者のベンジャミン・フランクリンは『堂々とおならをしよう（*Fart Proudly*）』で「アスパラガスを二、三本食べただけで尿が不快なにおいになり、豆粒くらいのテレピン油の錠剤をのむとスミレみたいないいにおいになる」と述べているが、これはもともと彼が一七八一年に英国王立協会に宛てて書いた皮肉に満ちた手紙の中で使った言葉だった。

アスパラガスの食べ方

「長い茎の途中ではなく端を指でつまみあげて目の前に掲げ、魚が餌に食いつくように末端から口に入れましょう。細い場合はフォークで半分に切って、先端をフォークで食べます。下半分は指でつまんで食べてもかまいませんが、ソースが垂れないよう注意が必要です！　きつく持ちすぎて茎をつぶしたり、添えた手で受けたソースが腕まで流れ落ちたりしないように気をつけなければなりません」

――『エチケット（*Etiquette*）』エミリー・ポスト（エチケットの権威）（一九二二）

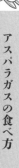

誰もが臭いと感じる腐ったキャベツによくたとえられるこのにおいだが、研究するのも容易ではない。全員の尿がにおうわけではなく、におっても自分では感じない人もいる。そこで尿のサンプルが本当ににおうかどうかはガスクロマトグラフィー分析をする、あるいはボランティアの人たちににおいを嗅いでもらうという、より主観的な方法のいずれかで確認しなければならない。原因物質だと考えられるアスパラガス酸は、人の消化管に入ると有害な重質イオウ化合物に変化する。そのひとつがスカンクの分泌液にも含まれているメタンチオールだ。

アスパラガスには人間にとっていい物質もたくさん含まれていて、特に葉酸、食物繊維、カリウム、ビタミンK、A、C、それにタンパク質を構成する二〇のアミノ酸のひとつであるアスパラギンが多い。アミノ酸のうちアスパラギンを含む一〇は、人間が体内で合成できる非必須アミノ酸だ。しかし残り一〇の必須アミノ酸は合成できないため、食物を通して摂取しなければならない。アスパラギンは最初に分離されたアミノ酸で、一八〇六年にフランスの化学者ルイ＝ニコラ・ヴォークランとピエール＝ジャン・ロビケがアスパラガスの汁から抽出したため、この野菜にちなんで名づけられた。

現在アメリカ国内で食べられているアスパラガスは緑色のものがほとんどだが、アントシアニンが豊富に含まれている紫や軟白した品種も流通している。ホワイトアスパラガスはグリーンアスパラガスと同じ品種を土に埋めて栽培したもので、バターのようになめらかな舌触りからヨーロッパで人気がある。畑に土を盛って日光に当てないように育てることで、茎が緑色になる原因であるクロロフィルの生成を抑制する。

中でもドイツ人がホワイトアスパラガスに抱く情熱は桁外れだ。収穫シーズンである春は「シュパーゲルツァイト」と呼ばれ、多くの人々がバーデン＝ヴュルテンベルク州にある「アスパラガス・トライアングル」に向かう。ここにあるシュヴェツィンゲンという町は、自ら「世界におけるアスパラガスの中心地」を名乗っているほどだ。シュパーゲルツァイトにはもちろんなるべくたくさん（できれば毎食）アスパラガスを食べて楽しむのが基本だ。けれどもそれ以外にも、この地域にはアスパラガスの女王を選出する祭りや皮むきコンテストがあるし、アスパラガス・サイクリング・トレイルを自転車で走ったり、バイエルン州にある一五世紀の塔を転用した三階建てのアスパラガス博物館を訪れたりといった、さまざまな楽しみ方がある。

しかし現代のアスパラガスの真の中心地はペルーで、近年爆発的に栽培されるようになったのは「意図せざる結果の法則」による。これは「複雑なシステムへの介入は予想外かつときに悲惨な結果につながる」という、マーフィーの法則の強化版のようなものだ。この事例では「複雑なシステム」は世界経済で、これにアメリカ政府がドラッグ戦争という形で介入した。そしてアメリカ産アスパラガスの凋落という「意図せざる結果」が起こった。

一九九〇年代初頭、アメリカ政府はコカインの原料となるコカの栽培をやめさせるため、アスパラガスに転作するようペルーの農民たちを説得した。しかし一九九一年に制定され二〇〇二年に改訂されたアンデス特恵貿易法（ATPA）で、ペルーはアメリカに無関税でアスパラガスを輸出できると定められていたため、アメリカ産アスパラガスは輸入アスパラガスに価格面でまるで太刀打ちできない結果となった。ATPAが批准される前は、アメリカがペルーから輸入するアスパラガスは年間一八〇〇トンあまりだったが、今では五万トン近くまで大幅に増えている。このおかげでペルーのコカイン生産がどれほど縮小したかは不明だが、アメリカにおけるアスパラガス生産の中心地だったカリフォルニア、ワシントン、ミシガン各州の農家は大打撃をこうむった。

これについての映画も作られたほどだ。ゼネラルモーターズ社の工場閉鎖でミシガン州フリントが経済的に崩壊していく様子を記録したマイケル・ムーア監督のドキュメンタリー映画『ロジャー&ミー』（一九八九）と同じように、アン・デ・マーレとカーステン・ケリーが撮った『アスパラガス！（*Asparagus!*）』は政府の対ドラッグ戦争がミシガン州の農村地帯オセアナ郡に与えた打撃を克明に記録している。かつて「アメリカにおけるアスパラガスの中心地」

だったオセアナでは、この野菜が経済を支えていた。アスパラガスに関連したさまざまな活動も盛んで、毎年アスパラガス祭りが開かれ、アスパラガスのコスチュームを着たダンスチームがあり、スーパーストークという漫画のキャラクターが作られ、世界一の高さのアスパラガスケーキが製作された。

しかし現在はオセアナだけでなく多くの地域でアスパラガス農家は廃業し、同時に関連した文化も失われた。デ・マーレはこう書いている。「地域の誇りとアイデンティティは、特有の作物と連動していることが多い。だからそれを失うと、私たちは自らのアイデンティティまで見失ってしまうのだ」と。

このように地域特産の作物や栽培農家が衰退していく風潮に自分たちの手で対抗するには、とにかくその地域で消費を盛りあげていくしかない。地産地消を志向する人たちは「ロカヴォア」と呼ばれ、今ではこの言葉は『オックスフォード米語辞典』の二〇〇七年度ワード・オブ・ジ・イヤーに選ばれるほど市民権を得ている。カリフォルニアの一消費者であるジェシカ・プレンティスが仲間たちとオンライン・コミュニティを立ちあげ「ロカヴォア」と名づけたのが始まりだが、この概念自体はバークレーの有名なレストラン、シェ・パニースを開いたアリス・ウォータースが一九七〇年代から広めてきたものだ。地元で有機栽培された露地物の野菜を食べようというウォータースの考え方はアメリカ人の食に対する意識を改革したが、地元産のものだけを食べるためにはかなり創意工夫が必要で、ある地域に住む人たちはより我慢を強いられるという一面もあった。たとえばヴァーモント州北部に住んでいたら、二月の食事は去年収穫したトマトの缶詰か、猫が捕らえるリスでも当てにするしかない。

それでも、現在多くの人たちが「一〇〇マイルダイエット」に取り組むようになっている。これはカナダのブリティッシュコロンビア州ヴァンクーヴァーのアリッサ・スミスとJ・B・マッキノンの著書『一〇〇マイルダイエット：ローカルフードを食べつづけた一年（*The 100-Mile Diet: A Year of Local Eating*）』が提唱する運動で、二〇〇五年春から著者のふたりは、自宅の半径一〇〇マイル（一六〇キロメートル）以内で生産された食べ物しか口にしないという決意を実行に移した。

これほど厳密にはできなくても、私たちは無理のない範囲で環境のために地産地消をすればいい。つまり、自宅の裏庭でとれたものを食べるのだ。だから私は春になったら、やっぱり溝を掘ってアスパラガスを植えようと思う。

第2章　インゲンマメ（暗黒時代を終わらせる）

旧約聖書の陰謀の小道具
ピタゴラスのジレンマ
戦い前夜のシチュー
ボストンの安息日の夕食
シアン化物が少々
早急に解決しなければならない社会問題

アンニーバレ・カラッチ『豆を食べる人』1583-1585年、コロンナ美術館

「私はエンドウマメについて知ろうと決意した」
——ヘンリー・デイヴィッド・ソロー（アメリカの作家・博物学者）

一九世紀の終わり、売り出し上手のアメリカ人の商人がサヤインゲンを「世界の九番目の不思議」として売りだした。このキャッチコピーが厳しい目を持つアメリカの消費者たちにどれだけアピールしたかは不明だが、やり手の興行師であるP・T・バーナムが油断なく張りめぐらせているアンテナには引っかかった。彼は小人症の「親指トム将軍」、人魚のミイラである「フィジー・マーメイド」、「アフリカ象のジャンボ」、シャム双生児の「チャンとエン兄弟」といったものを売りだすために「世界の不思議」という言葉を自分が発明したのだと言ってこの商人を訴え、勝利した。その後サヤインゲンの宣伝には、「不思議」の前に「食の」という言葉が小さくつけ加えられるようになった。

争いの原因となったサヤインゲンは正確にはインゲンマメ（学名 *Phaseolus vulgaris*）で、一般的にはアメリカンビーン、フレンチビーン、キドニービーン、または鞘を食べる場合はグリーンビーンなどと呼ばれている。原種は現在アルゼンチンやブラジルに自生している野生種の *Phaseolus aborigineus* と似たものだったと考えられ、それが何千年も昔に栽培化された。

ペルーとメキシコの発掘現場で見つかったこのマメの種子を放射性炭素年代測定にかけたところ、紀元前八〇〇〇年と紀元前五〇〇〇年のものだった。また一五二一年にアステカ王国がスペインに征服されたとき、モンテスマ王は毎年五〇〇〇トンものマメを臣民におさめさせていたという。

イタリアの探検家クリストファー・コロンブスは新世界への最初の航海中にキューバでインゲンマメを見て「スペインのマメとはまったく違う」と記し、一五二四年にイタリアの探検家ジョヴァンニ・ダ・ヴェラッツァーノは北アメリカへの航海の成功の興奮が冷めやらぬ中「なかなかの味だった」と評し、一六〇五年にフランスの探検家サミュエル・ドゥ・シャンプランは現在のメイン州ケネベックの先住民はさまざまな色の「ブラジリアンビーン」を栽培しており、そのうち三、四種はトウモロコシと一緒に植えてその茎を支柱としていたと述べている。英国の天文学者トマス・ハリオットはロアノーク島の先住民は二種類の大きさのマメを栽培していたと書き残し、英国の探検家ジョン・スミスはジェームズタウンに入植した当時マメとブランデーというかにも男臭い食事をポウハタン族とともにしたという記録が残っている。

北アメリカ東部の先住民にとって、インゲンマメは比較的新しい作物だった。スミソニアン国立自然史博物館の考古生物学者ブルース・D・スミスによると、東部の森に住む先住民たちは紀元前二〇〇〇年頃までに定住して農耕を始め、野生種の植物のうちスクワッシュ［ウリ科の植物の総称］（クルックネック、パティパン）、ヒマワリ、ラムズクォーターズ、マーシュエルダーなど有用そうなものを栽培化した。

北アメリカの先住民たちのあいだではスクワッシュ、トウモロコシ、インゲンマメの混植栽培が行われ、これら三つの作物は「三姉妹」と呼ばれたが、北東及び中部大西洋沿岸地域には二〇〇〇年ものあいだスクワッシュしか存在していなかった。マメとトウモロコシはずっと遅れてメキシコから北アメリカに伝わり、ゆっくりと広まって東海岸を北上した。トウモロコシが北アメリカ東部に到達したのは紀元二〇〇年頃、インゲンマメはもう少し遅いと考えられている。また本格的な栽培までには、さらに六〇〇年以上を要した。一〇〇〇年頃ヨーロッパから北アメリカに渡り沿岸を移動したと言われているノルマン人航海者レイフ・エリクソンがさらに南下するか内陸に入るかしていたら、スクワッシュの栽培を目にしていたかもしれない。インゲンマメには出会えなかったとしても。

インゲンマメをアメリカ大陸からヨーロッパに持ちこんだのはスペイン人のようだ。一六世紀頃のことで最初は鑑賞用としてだったが、植物学者が「チョウ形花冠」と形容するチョウの羽に似た花の形を見ると、それも不思議ではない。やがて食用になったのは幸運な偶然からだとする説があるが、花が終わったあと放置されて実った鞘がたまたま近くのスープ鍋に落ち、おいしく煮えたそれを気づかずに食べたのだろうというのは現実味がない。いささか形が違うとはいえ、ヨーロッパの人たちにもマメはマメとわかったはずだ。一万年以上も身近にあったのだから。

マメ科は、花を咲かせる植物のうちランとデイジーに次いで三番目に大きな科であり、人間にとっての栄養源としてはイネ科に続き二番目に重要度が高い。マメ科は六〇〇以上もの属と一万九〇〇〇近くもの種を擁しており、インゲンマメ、エンドウマメ、レンズマメ、ダイズ、イナゴマメ、タマリンド、アルファルファ、クズ、リコリス、クズイモ、ピーナッツといったものがある。

栽培品種として最も古いのはおそらくレンズマメ（学名 *Lens culinaris*）で、真ん中がふくらんだ円盤状をしていることから、このマメの名前が「レンズ」の語源となった。レンズマメはオオムギやヒトツブコムギとともに、およそ一万年前に西アジアの肥沃三日月地帯（地中海からペルシャ湾にかけてチグリス川とユーフラテス川のあいだにブーメラン状に広がっていた地域）で最初に栽培されていた植物だった。

この地域で、シュメール人たちが育てたマメの最古のレシピが見つかっている。紀元前一七〇〇〜一六〇〇年頃のバビロニア王国時代の三枚の刻板には、レンズマメをビールで煮るポリッジの作り方が楔形文字で記されていた。スイスの湖のほとりにある青銅器時代の集落跡からもレンズマメ料理の名残が見つかっているし、旧約聖書には弟が兄を陥れる小道具としてレンズマメを使う話がある。抜け目のないヤコブは一杯のレンズマメのスープと引き換えに、双子の兄エサウに長子の権利を譲渡させた。

同じくらい古いのが旧世界で唯一栽培されていたマメであるソラマメ（学名 *Vicia faba*）で、古代ローマの大プリニウスも「最高位」のマメだと賛辞を送っている。新石器時代後期にはすでに栽培化されていて、原種はすでに絶滅しているが、地中海沿岸か中近東のあたりに自生していたものだろうと考えられている。ソラマメはエジプトの墳墓からもトロイ遺跡からも見つかっており、旧約聖書にもエゼキエルが預言の合間にこのマメを食べていたという記述がある。また古代ギリシャでは、行政官の選挙で投票札代わりに使われていた。これについてはのちにプルタルコスが著書で触れており、「マメを控えよ」という言葉はダイエットとは何の関係もなく、「投票するのはやめて政治にかかわるな」という意味なのだと述べている。

紀元前五三〇年頃、ピタゴラスの唱える菜食主義の信奉者たちが南イタリア沿岸の都市クロトンで半宗教的共同体を作っていたが、彼らのあいだでは鉄の棒で火をかきたてたり、肉、魚、ソラマメを食べたりすることが禁じられていた。マメが禁じられていたのは、人は動物だけでなくマメに生まれ変わる可能性もあるという輪廻思想からで、どんなに可能性が低くても彼らはリスクを冒したくなかったのだ。ピタゴラスによれば、マメを食べることは母親の頭を食いちぎるに等しい行為だった。

また禁止の背景には、ソラマメ中毒症という遺伝疾患があったとも言われている。この病気は地中海沿岸に住む人々に多く、グルコース-6-リン酸デヒドロゲナーゼという酵素の欠損によって起こる。X染色体上にあるこの酵素にかかわる遺伝子に変異を持つ人がソラマメを食べると、マメに含まれる酸化体によって血球が破壊される。畑のそばを通って花粉を吸うだけで重いアレルギー反応が起きることもあり、重篤なケースでは急性溶血性貧血からショック状態となり死に至る。もしかしたらピタゴラスもマメを食べるとひどく気分が悪くなるので、そばに寄るのも我慢がならなかったということなのかもしれない。

ピタゴラス教団には政治団体的側面もあり、政治闘争――プルタルコスが言うところの禁断の耽溺――がピタゴラスの失脚につながった。ピタゴラスの信奉者たちは社会的に追放、迫害され、ついにはクロトンを追われた。ピタゴラスの死にマメが関係しているという説もある。政敵に追いつめられソラマメ畑に逃げこむしかなくなったピタゴラスは、そのまま捕らえられて殺されたのだという。

このように不幸な例もあったが、ピタゴラスが禁じたマメは中世において最も多く食べられていたマメだった。イタリアの学者、作家であるウンベルト・エーコは、ヨーロッパの人々がいわゆる暗黒時代から抜けだせたのはソラマメのおかげだという説を唱えた。暗黒時代とは、ローマ帝国が滅びたあと次の一〇〇〇年紀が始まるまでの暗く不毛な時代を言う。「過去一〇〇〇年で最も偉大な発明」をテーマとした『ニューヨーク・タイムズ・マガジン』(日曜版別冊)の特別号に、エーコは「マメはどうやって文明を救ったか」と題した文章を寄せている。

マメが人類に貢献したことは、赤ん坊の数の変化を見るとよくわかる。統計によってばらつきはあるが、一〇世紀になるとヨーロッパの人口は大幅に増えはじめた。暗黒時代の底は七世紀で、ヨーロッパの人口は食糧不足と病気のために一四〇〇万人にまで落ちこんだ。しかし一〇〇〇年にはそれが二倍以上となり、一四世紀になるとさらに二倍、三倍と増加した。エーコは、この人口、エネルギー、知力、経済の急上昇をもたらしたのは新しい作物だと主張した。ヨーロッパで大規模なマメの栽培が始まったのは一〇世紀だったからだ。

「マメ科の植物」を意味する英単語のレギュームは、「集める」という意味のラテン語の動詞リジェレから来ているが、たしかにマメには「集める」だけの価値がある。「貧者の肉」という呼び名に恥じず、タンパク質は一七~二五パーセントと穀物の二、三倍含まれている。

人々は栄養的に貧しかった暗黒時代と比べて格段に多くのタンパク質を摂取できるようになり、健康状態が向上して頑健になったことから、寿命が延びて子どもの数が増えた。日常生活の質が向上したために国は豊かになり、腹が満たされて数の増えた人々は労働の専門化、都市の成長、芸術の急成長、科学の出現、新世界への航海を支えた。

マメの価値は食物としてだけではない。マメ科の植物は窒素を固定する能力に特徴がある。動植物はDNA、RNA、タンパク質といった生命活動に不可欠な物質を合成するのに窒素を使うが、大気中の窒素はそのままの形では利用できない。しかしマメは、これを利用できる形に変換できるのだ（コラム「マメと窒素」を参照）。

中世においてマメは非常に重要な食料だったため、マメ畑を荒らす者には死罪が下された。イングランドでは幽霊はソラマメを恐れ、投げつければ撃退できるとされた。また焼いたマメは、歯痛や天然痘に効くと考えられていた。

マメにちなんだ早口言葉が作られ、正確な由来は定かではないが『ジャックと豆の木』のような話も生まれた。

このような明らかな利点にもかかわらず、人々はマメに対して「尊敬と恐れの入りまじった感情」を抱いてきたと、人類学者のソロモン・H・カッツ教授は指摘する。マメは悪夢をもたらすとかマメの花が咲くと狂気が増えると言われ、マメ畑で寝るような不用意な者は取り返しのつかない精神錯乱に陥るとされた。チャートンの町の教区牧師の座を追われたという経歴しかわかっていない一七世紀の聖職者ジョン・ホワイトは『芸術の宝庫：想像力を愛する人たちへの実利的で喜ばしい招待状（*Art's Treasury: Or, a Profitable and Pleasing Invitation to the Lovers of Ingenuity*）』（一六八八）の中で、妊婦が「タマネギやマメのように狂気を生むもの」を食べると、生まれてくる子は「頭がどうかしてしまう」と述べている。

一六世紀の医師バルダサーレ・ピサネッリは、マメは「知覚を鈍らせ、苦しみと痛みに満ちた夢をもたらす」と断言している。聖ヒエロニムスも同様の考えを持っていたようで、マメは媚薬だと決めつけ（「マメは性器をムズムズさせる」）、修道女たちに食べることを禁じた。

マメは精神を不安定にすると昔から言われてきたが、現代の薬理学者たちはその生化学的原因物質をほぼ特定している。L‐ドーパ（L‐3、4‐ジヒドロキシフェニルアラニン）がそれで、ソラマメには重量比〇・五パーセント以下が含まれている。L‐ドーパは一九一三年にスイスの生化学者マルクス・グッゲンハイムが初めてマメの種子から分離したアミノ酸で、一九五〇年代には重要な神経伝達物質であるドーパミンの前駆体であると判明した。

脳内のドーパミンの量が適切でないと、体に悲惨な影響が現れる。たとえば統合失調症は

マメと窒素

窒素固定は壮大な化学的現象だ。私たちが呼吸している大気の七〇パーセントは窒素で、N_2と表される窒素分子として通常存在している。これは二個の窒素原子が三重結合したもので、その強固な結びつきを解除できるものは事実上ない。要するに三重結合とは不活性状態ということで、あまりにも安定しているためほかに利用することができない。食べ物にたとえると、ココナッツのようなものだ。おいしくて栄養もあるのに、どうしても殻が割れない。一八世紀のフランスの化学者アントワーヌ・ラヴォアジエは、窒素を「生命がない」という意味でアゾートと命名した。大気中で窒素分子の結合を解くことができるのは、稲妻くらいだ。

しかし土の中では、これほど強固な結合をマメ科の植物が難なく解いてしまう。正確には窒素固定を行うのは共生細菌で、リゾビウム属の細菌の入った根粒を根に持つマメ科の植物は、ニトロゲナーゼという酵素の働きで大気中の不活性な窒素分子を活性状態のアンモニアに変化させる。このような共生菌を持たない植物は、別のやり方で窒素を利用できる状態にしなければならない。現代の農業生産の現場では、高価で環境負荷の高い化学肥料を使ってこれを行う。

化学肥料などなかった時代は、ローマ帝国の昔から伝統的に農夫たちは輪作を行ってきた。輪作作物のひとつとして根に根粒菌を持つマメを加えることで、土壌に固定窒素を補ったのだ。

ドーパミンが過剰で、パーキンソン病は過少だ。パーキンソン病は一八一七年に医師のジェームズ・パーキンソンが初めて報告した消耗性疾患で、彼はこれを「振戦麻痺」と呼んだ。ドーパミンは血液脳関門を通過できない、つまり体に投与しても脳に到達しないが、より機動性のある分子L‐ドーパは通過する。そこでこの物質は、パーキンソン病の症状を軽減する薬のひとつとして使われるようになった。スウェーデンの薬理学者アルヴィド・カールソン博士はドーパミンのこの作用を発見し、ノーベル賞を受賞している。

ソラマメを食べると睡眠中に混乱したり、生々しい夢を見たり、性的に陶然とした状態になったりするという数々の事例は、L‐ドーパが引き起こしていた可能性が高い。現在L‐ドーパはソラマメではなく、より含有量の多いムクナマメ（学名 *Mucuna pruriens*）から抽出されている。金色の鞘が毛羽立っていることからベルベットビーンとも呼ばれるインド原産のこのマメには、七パーセントものL‐ドーパが含まれている。

残念なことに「振戦麻痺」の患者に対して大プリニウスは、多少は医学的効果のあるソラマメではなく白パンと入浴をすすめた。しかしソラマメについては、酢で炒りつけたものはキリキリと痛む腹に、ニンニクと一緒にゆでたものは咳に、茎を燃やした灰は坐骨神経痛に効くなど一六の処方を挙げた。

　多くの古代ローマ人がソラマメをさまざまな方法で調理して食べていた。ティベリウス帝の時代に数々の贅沢な晩餐会を催した桁外れの食道楽マルクス・ガヴィウス・アピキウスの著書だと言われている一世紀の料理本『アピキウスの料理帖』は、マッシュ、ポリッジ、スープ、薄い粥《グルーエル》、子豚のマメ詰めなど多くのページをマメ料理に割いている。突拍子のない料理も多いが、レンズマメとクリにスパイスとオリーブオイルを加えてつぶすという、フムス［ヒヨコマメのマッシュ］を思わせる料理もある。著者が個人的に気に入ったのは、「ゆでて豪勢に盛りつけた」マメだ。これはゆでたマメを固ゆで卵やフェンネル、コショウ、少量のワイン、塩で和えて盛りつけたサラダで、「好みでもっとシンプルに」仕上げてもよいとの鷹揚な但し書きが添えられている。

　昔の人たちにとってソラマメは基本的に農民向けの安価な食べ物で、今で言えばスーパーで売っている安っぽい食パンやマカロニチーズのようなものだった。一冊の気の利いた（ときに行きすぎた）警句の本で知られる紀元一世紀の古代ローマの詩人マルティアリスは、友人を夕食に招いたときのことを書き残している。詩人の彼は貧乏なため豪華な食事やフルート吹きの少女を用意する余裕がなく、リーキ、ゆで卵、キャベツ、ソラマメといった付け合わせを用意するのが精いっぱいだった。そこで「食いちぎろうとする獰猛なオオカミの鼻先からかすめとってきた子ヤギ」をメインの肉料理にしたという。今で言えば、轢き殺された動物を道路から持ち帰るようなことをして、ようやく友人たちをもてなしたのだ。

英国王リチャード二世の料理人たちのレシピを集めた一四世紀の『料理の作法（*Forme of Cury*）』はクジャクをさらに飾りたてたいときに参照するような本だが、ここには「焼きマメのスープ煮ベーコン添え」「マメとタマネギのスープ煮」「揚げマメ」などのレシピがおさめられている。ちなみに揚げマメは、下ゆでしたマメにみじん切りのタマネギとニンニクをまぶし、油で揚げたもののようだ。

また心優しい夫が料理の心得のない一〇代の妻のために書いた『パリでよき妻となるための手引書（*Le Menagier de Paris*）』（一三九三）には、ハエ退治の仕方（へらで叩きつぶす）、新鮮なウサギの肉の選び方（後ろ脚の骨を折ってみる）、ハイタカから鳥もちを除去する方法（羽をミルクに浸ける）といった家事に付随する種々の知識とともに、マメの調理法やマメを調理するときに鍋にこびりつかないようにする方法が詳しく記されている。

教皇マルティヌス五世に仕えたコックのヨハネス・ボッケンハイムが一四三〇年代に著し

た『料理法の記録（*Registrum coquine*）』には調理法だけでなく、七四のレシピそれぞれについてどんな人に食べてもらいたいかが、農民か王子か、イタリア人か英国人か、聖職者か娼婦かといった具合に記されている。ソラマメ、タマネギ、オリーブオイル、サフランをとろ火で煮込んだスープは、ロラード主義者と巡礼者にすすめている。異端者ときわめて信心深い人々の両方を、どこにでも存在するマメになぞらえたのだろう。

文化が異なる場所には、それぞれ特有のマメ料理があることが多い。フランスの場合はソラマメと肉とスパイスを陶器の鍋《カソール》に入れて煮込んだカスレで、百年戦争のときにカステルノーダリの町で作られたのが最初だという。一三五五年にこの町の人々はエドワード黒太子率いるイングランド軍に対して守りを固めながら、マメ、カモやガチョウの肉、ポークソーセージなどありあわせの食べ物をすべて共有の大鍋に放りこみ、シチューを作って戦いに備えた。これで腹のふくれたフランス軍がイングランド軍を蹴散らしたというのならよかったのだが、そうはいかず、黒太子は町を攻め落として大半を燃やし、住民を虐殺した。しかし、料理だけは生き延びた。フードライターのアレクサンドル・ロブラノによると、フランス南西部にはレストランごとに独自のレシピのカスレを出す一三〇キロにわたる「カスレベルト」があり、カステルノーダリはその中心として君臨しているという。

一七世紀になると、カスレはソラマメだけでなくアメリカからやってきた新顔のインゲンマメでも作られるようになった。このマメをフランスに初めて持ちこんだのは、一五三三年にイタリアから将来のアンリ二世のもとに嫁いだ一四歳のカトリーヌ・ドゥ・メディシスだと言われている。マグロンヌ・トゥーサン＝サマの『世界食物百科』には、カトリーヌがレース、何連ものパール、金の刺繍を施したドレス、黒と真紅のシルクのシーツといった嫁入り衣装のあいだにインゲンマメを入れた質素な小袋を忍ばせてきた様子が描かれている。ちなみにカトリーヌはこのほかにフォーク、ソルベ、オリーブオイル、キャンティ、マカロン、アーティチョーク、バレエをフランスに広めたと言われている。

アメリカ原産のインゲンマメはフランスではアリコとして知られていたが、トゥーサン＝サマによればアリコはもともとマメではなく、一四世紀頃から作られていたカブとマトンのシチューを指した。しかしインゲンマメが伝わるとカブの代わりに使うのが人気となり、とうとう料理の名前がマメそのものを指すようになったらしい。しかしこれには異説もあり、アリコはアステカ語でマメを意味するアヤコトルに由来しているとする文献もある。また未成熟のマメを鞘ごと食べるものと完熟した種子を食べるものとをはっきり区別するために、緑のマメ《アリコヴェール》――サヤインゲンという語が使われるようになった。

イングランドにサヤインゲンとその調理法を持ちこんだのは、エリザベス一世の時代にフランスから逃れてきたユグノー派だという魅力的な説がある。彼らが宗教的自由を与えてもらった感謝のしるしとしてサヤインゲンを捧げたところ、女王は「高貴な者にふさわしい食

腎臓とカヌー

インゲンマメ属を表す *Phaseolus* は「小さな舟」を意味するギリシャ語に由来するが、これは鞘の形がカヌーに似ているからだろう。一方、赤インゲンマメの通称であるキドニービーンは、種子が腎臓《キドニー》に似た形をしていることから来ている。昔は食物の形には医学的意味があると考えられていた。中世の特徴説派の人々は、植物の形はそれが体のどこに効くかを知らせる神からの啓示だと信じていた。

たとえば固い殻の中でクシャクシャになったような形のクルミの実は「まさに脳そのものの形」なので頭痛に、プルモナリアは美しい斑入りの葉を見て病んだ肺を思い浮かべる陰鬱な人がいたらしく肺の感染症に、前述のキドニービーンは尿障害に効くと主張した。英国人医師のニコラス・カルペパーは『薬草大全（*Complete Herbal*）』（一六五三）で、このマメを乾燥させて粉に挽き、白ワインに溶かして飲むと腎結石にいいとすすめている。

べ物」だと気に入り、ハンプトン・コート宮殿の菜園に植えさせたのだという。当時愛国的な英国の農民のあいだで、このフランスから来たマメの名を「エリザベスビーン」に変えようという機運がいっとき盛りあがったそうである。

しかし残念だがカトリーヌ・ドゥ・メディシスにまつわる逸話と同様、エリザベス一世に関するこの逸話にも歴史的証拠はない。それに正直言ってサヤインゲンを気に入るなんて、チョコレートやケーキに目がなかったエリザベス一世らしくない。しかし女王とのかかわりは別として、アメリカから来たマメがこの時代のイングランドに伝わり食べられるようになったというのは確かだ。

英国の植物学者ジョン・ジェラードは一五九七年に出した百科事典的著書『本草書または植物の話（*Great Herball, or Generall Historie of Plantes*）』でインゲンマメを取りあげ、それまで一般的だった「すばらしきソラマメ」よりはるかに優れていると褒めている。「ゆでてバターをからめ、鞘ごと食べるアメリカのマメは非常に繊細な味わいで、他のマメを食べたときのように屁も出ない」が、熟れすぎると「おいしくも体によくもなくなってしまう」ので、「緑色でやわらかい」うちに収穫するべきだと述べている。

インゲンマメ料理の多くは、ヨーロッパから入植者が来る六〇〇年以上も前からこのマメを食べていた先住民の料理をもとにしている。ボストン風ベイクドビーンズももともとは、水に浸けて戻したマメにクマの脂とメープルシュガーをまぜ、周りに熱した石を並べた「マメの穴」でひと晩焼くというニューイングランドの先住民の料理だった。

ゆっくりひと晩かけて加熱する料理は、安息日の夜に料理をしてはならないという規律に従っていたマサチューセッツ湾の清教徒たちに歓迎された。土曜日の晩にマメを鍋に入れればあとは放っておけばいいので、日曜日に料理をしなくてすむ。こうしてベイクドビーンズはボストンの伝統となり、「インゲンマメの町」という呼び名まで生まれたが、じつは主に朝食用のベイクドビーンズとして年間八億トンものマメを消費する英国人のほうが、ずっとたくさん食べている。

一八世紀になると、「インディアンビーン」は品種ごとに名前がつけられるようになった。第三代アメリカ大統領トマス・ジェファーソンはモンティチェロで二七種ものキドニービーンを育てていたが、その中には一八〇四から一八〇六年にかけてアメリカ大陸を縦断したルイス・クラーク探検隊がダコタ・アリカラ族から手に入れたアリカラ（リカラ）ビーンもあった。

アメリカで初めて出版された料理本であるアメリア・シモンズの『アメリカ料理（*American Cookery*）』（一七九六）――最も長いレシピは三ページにわたるカメの調理法である――の

さまざまな食材を説明している箇所には、マメが九種類挙げられている。クラブボードビーン、クランベリービーン、レイジービーン、ホースビーンことイングリッシュビーンなどで、最後のホースビーンは栽培が非常に容易で「子どもでも育てられる」との説明がある。アメリア・シモンズに関しては詳しいことは伝わっておらず出身地も不明だが、コネチカットかニューヨークのようだ。彼女は自分について「貧しくて孤独な孤児」で「限られた知識しか持たない」と語り、本のまえがきで「アメリカ中の女性たちの率直な意見と訂正」を待っていると述べている（どうやら実際に率直な指摘が寄せられたらしく、第二版以降のレシピには修正が施されている）。野菜は彼女の得意分野ではなかったらしく、この本にはマメのレシピはふたつしかない。ひとつはサヤインゲン、もうひとつはソラマメを使うものだが、調理法はどちらも同じでゆでるだけだ。

アメリアはマメを、鞘ごと実を食べるサヤインゲン、若い実を鞘から外して食べるシェルビーン、成熟した実を食べる乾燥マメの三種に分類したが、この区別は現在も存在している。未成熟のやわらかい緑色の鞘ごと実を食べるサヤインゲンは、一八九四年にカルヴィン・キーニーが筋なしの品種を作るのに成功した。こうした若い鞘は曲げると気持ちのいい音をたてて折れるので、スナップとも呼ばれる。鞘が緑色ではないものもある。一八三〇年代にワックスビーンという黄金色の鞘をつける品種ができたが、これは明るい色の鞘をつけるものを選んで作られた。

入植者たちが栽培していたサヤインゲンのほとんどは蔓性で支柱が必要だったので、彼らは先住民のやり方を真似てトウモロコシ畑に植え、トウモロコシの茎を支柱とした。しかし北アメリカの先住民のあいだには蔓なしの品種もあり、たとえばオマハ族は「歩くマメ」（蔓性の品種）と「歩かないマメ」（自立性の品種）を作っていた。しかし蔓なしの品種は入植者たちになかなか普及せず、一八二二年にようやくニューヨークの種苗業者グラント・ソーバーンがレフュジーと命名したものをカタログに掲載した。「亡命者」を意味するレフュジーと名づけられたのは、一五〇〇年代に宗教的迫害を逃れてきたユグノー派が持ちこんだマメのひとつだったからである。

サヤマメよりもさらに少し成熟したものがシェルビーンだ。これは九〜一一週育てたあと、固くなった鞘から完全に熟していないやわらかい実を取りだして食べるもので、そのまま調理に使える。一般的にマメの種子は、霜に当てないように一二〜一四週栽培すると、鞘の中で完全に成熟して乾燥する。ミス・シモンズの言葉を借りれば「冬の貯蔵に最適」な状態になるわけで、このようにして食べるマメのひとつにネイヴィービーンがある。楕円形の白インゲンマメで、アメリカ海軍の貯蔵食料として使われたため、そう呼ばれるようになった。

世界中で栽培されているアメリカ原産のマメの中で群を抜いて人気なのはインゲンマメで、年間約二五〇〇万トン生産されている。しかし栽培化されているインゲンマメ属にはほかに、ライマメ、ベニバナインゲン、テパリービーンなどもある。

著者はライマメが苦手だが、家族の中で嫌っているのはただひとりであることを考えると、これは個人的な好みであってマメ自体に問題があるわけではない。料理研究家のマーサ・ローズ・シュルマンは『ニューヨーク・タイムズ』紙で「すばらしくなめらかな食感」と褒め称えているし、作家のローリー・コルウィンは『もっとホームクッキング（*More Home Cooking*）』（一九九五）で「ライマメはふんわりとやわらかく、ベルベットのようになめらかでおいしい。このマメをけなす人がいるなんて信じられない」と述べ、ライマメ好きを公言している。しかし著者にはよさがわからないし、私に賛同する人もいる。テレビアニメ『ザ・シンプソンズ』に出てくるバート・シンプソンはこのマメが大嫌いだ。アメリカの作家ジュディス・ヴィオーストの絵本『アレクサンダーの最低最悪ありえない一日（*Alexander and the Terrible, Horrible, No Good, Very Bad Day*）』（一九七二）で、こんなひどい生活が続くならオーストラリアに移住してやると息巻くアレクサンダーの「最低最悪」のひとつはライマメの夕食である。

ライマメ（学名 *Phaseolus lunatus*）には大粒のライマタイプと小粒のシーヴァタイプ（バタービーンとも呼ばれる）があり、種名の *lunatus* は月のような色と形から来ている。またライマは、原産地であるペルーのリマという都市の名が変化した。考古学者によると、ペルーのこの地域では六〇〇〇年前からライマメが栽培されていた。つまり一五三五年にフランシスコ・ピサロがインカ帝国を征服してリマック川と呼ばれていた川のほとりに建造した都市リマよりも、このマメはずっと昔から存在していたのだ（だからリマックマメとしたほうが本当は正確）。このマメを気に入ったスペイン人が本国に送り、その後世界探検の航海に携行したことから、フィリピン、アジア、ブラジル、アフリカに広まった。

ライマメが北アメリカに伝わったのは一九世紀初めだった。一説によると海軍将校ジョン・ハリスがペルーから持ち帰り、ニューヨーク州チェスターの自宅の菜園で育てたのが最初だという。これが本当なら、ライマメは野火のように広がったということになる。マリチューセッツ州ブルックラインの園芸愛好家ベンジャミン・ゴダードの一八一二年の日記にライマメに関する記述があるし、メアリー・ランドルフの一八二四年の著書『ヴァージニアの主婦による系統立った料理法（*The Virginia Housewife, or Methodical Cook*）』には「シュガービーンことライマメ」のレシピが載っている。おそらく複数の伝達経路が存在したのだろう。現在栽培されている品種は、もとをたどれば南アメリカから伝わった品種につながる。

バートやアレクサンダーや私と違って、多くの人たちがこのマメをすばらしくおいしいと感じている。エリザ・レスリーは『ミス・レスリーの完全なる料理本、項目別のレシピ集（*Directions for Miss Leslie's Complete Cookery, in its Various Branches*）』（一八四〇）でこのマメを「最上のマメ」と断言した。アメリカに滞在したイングランド人女性作家フランセス・トロロープは絶景のナイアガラの滝を含めアメリカのすべてを嫌ったが、ライマメに関しては「野菜の中で一番おいしい。英国でも育てられたらどんなにすばらしいことか」と絶賛している。

アメリカで栽培されているマメの中で最も華やかなのはベニバナインゲン（学名 *Phaseolus coccineus*）で、もともとは中央アメリカとメキシコで栽培品種化されたものだ。「着飾った貴婦人」という呼び名どおりゴージャスで派手な花をつけることから、当初ヨーロッパでは観賞用だった。一六世紀のイングランドでは、スマイラックスやスイカズラのように蔓が反時計まわりに巻きつくので「ガーデン・スマイラックス」と呼ばれた。英国の植物学者ジョン・ジェラードはこれを庭で装飾的に組んだ支柱に這わせて育てたが、上流階級のピクニックを華やかに彩るために「庭のあずまや」の頭上に棚を組んで這わせることもよく行われていた。ドイツではフォイアーボーネすなわち「火のマメ」として知られていた。一八一二年にトマス・ジェファーソンは、庭の長い小道に「装飾的に支柱を組み、白、真紅、緋、紫のマメの花を這わせた」と書き残している。

テパリービーン（学名*Phaseolus acutifolius*）はアメリカ南西部で古くから作られているインゲンマメの一種で、生育が早く少ない降水量でも育つためテキサス、アリゾナ、ニューメキシコなど西部の暑く乾燥した気候での栽培にも適している。紀元前五〇〇〇年頃にはすでにメキシコで栽培化されており、黄、黄褐色、茶、暗紅、暗藍、白、斑入りなど色のバリエーションが豊富であることから、ホピ族が特に熱心に作った。トランプやポーカーチップのない時代に、ギャンブルで点数を数えるチップとして使うためだった。

ギャンブルがいいか悪いかは別として、マメの問題はほかにある。旧世界のマメも新世界のマメも、一六世紀の表現を借りるなら体を「風が出やすい」状態にする。公平を期すならば、これはフスマ、タマネギ、キュウリ、レーズン、カリフラワー、レタス、コーヒー、黒ビールにも言えることだ。要するにガスでお腹が張るという症状に、人々は昔から悩まされてきた。英国の牧師で学者でもあったロバート・バートンは『憂鬱の解剖（*Anatomy of Melancholy*）』（一六二一）で、そんなときのための六四の処方を示している。このいかにも決まりの悪い体の状態を引き起こす元凶はオリゴ糖で、私たちの体には二〜一〇の単糖が結合した少糖類であるオリゴ糖を代謝可能な形に分解する能力がない。そこで下部腸管で常在菌の力を借りて消化しているのだが、その過程でガスが発生してしまう。

解決法はいろいろと模索されていて、そのひとつに放射線の照射がある。インド、トロンベイのバーバ原子力研究センター、食物科学研究所で研究を行っているジャマラ・マカイアとムリナル・ペドネカは、低量のガンマ線をマメに当てると厄介なオリゴ糖を八〇パーセント除去できることを発見した。また二〇〇一年にはマメを水に浸けてゆでるという一見当たり前の方法がアメリカで特許を得ているが（特許番号6,238,725）、私たちが普段台所で行っているのとは違い、慎重に調整した条件下で正確に重量を測定するなど実に精密な手順を踏むものだ。

ガスは私たちに不快感や当惑をもたらすが、健康に実害を与えるわけではない。クラウディウス帝時代の古代ローマで、ある哲学者が腹部にガスがたまりすぎて体を壊したという記録があるが、こうしたケースはごく例外的だ。しかし、マメには実際に体によくない成分が含まれていることもある。

その筆頭であるシアンは本来無害な糖複合体だが、特定の酵素と合わさるとシアン化物を放出し、これが呼吸を阻害する。シアンはリンゴ、洋ナシ、モモ、アプリコットの種や、ライマメ、キドニービーンに含まれている。これらのマメからいいにおいがするのは、少量のシアン化物のためだ。一般的に栽培種よりも野生種のマメの含有量が多く、栽培種でも品種によって毒性の高いものがある。たとえば昔ペルーで作られていた色付きのライマメには、

赤ワイン、チョコレート、そして豆

空気は私たちの体にいいばかりのものではない。吸えば吸うほど体は消耗していくのだと、『生と死の自然史――進化を統べる酸素』（二〇〇二）の著者である英国の生化学者ニック・レーンは指摘する。酸素はいわば殺し屋のようなものだ。

正確に言うと、元凶は酸素から生成されるフリーラジカルと呼ばれるもので、不対電子を持ち反応活性が高いこの分子は人体の通常の代謝過程で発生し、その数は細胞ひとつにつき一日二〇〇億に及ぶ。また大気汚染物質やタバコの煙にも含まれている。そしてフリーラジカルは体内で、ミニチュアサイズのパックマンのように次々と細胞の完全性を破壊しＤＮＡを損傷する。

私たちの体はカタラーゼとスーパーオキシドジスムターゼ（ＳＯＤ）という一種の抗酸化酵素でこれに対抗している。しかし加齢とともにフリーラジカルは徐々に蓄積して体の防御システムに勝り、心疾患、長期記憶の喪失、加齢黄斑変性症、癌などを引き起こすと考えられている。老化の原因はフリーラジカルによる酸化ストレスだとする説もある。

けれどもこのフリーラジカルに、食べ物で対抗できる。赤ワイン、ダークチョコレート、緑茶、果物、野菜には、抗酸化物質であるビタミンE、C、カロテノイド、フラボノイドが豊富に含まれている。食品中の抗酸化物質の量は活性酸素吸収能力（ORAC）を数値化して表す。これは蛍光着色した試料の酸化破壊をどれだけ食いとめられるかを測定したものだ。理論的にはこの数値が高いほど抗酸化能力が高いということになるが、実際にはその食品をどんな状態で摂取するか、生なのか、ゆでたり焼いたり蒸したりしたものか、あるいはジュースにして飲むかで効果は変わってくる。

二〇〇四年のアメリカ農務省の研究では、ORACの高い食品はブルーベリー、アーティチョーク、リンゴ、ジャガイモ、そして赤インゲンマメだった。

現在栽培されている白いライマメの三〇倍ものシアンが含まれていた。

シアンのほかに、マメの種子にはプロテアーゼ阻害剤（酵素による消化プロセスを阻害する複合タンパク分子）とレクチンが含まれている。レクチンは腸細胞の表面にある糖受容体と結合して、消化吸収を抑制する。またブラックタートルビーンには有害なレクチンであるフィトヘマグルチニンが大量に含まれ、血液を凝固させてしまう。しかし幸いシアンもフィトヘマグルチニンも加熱すると働きを失うので、ブラックタートルビーンのスープを食べてもまったく問題はない。ある考古学者が唱えていることだが、料理とはそもそも、栄養たっぷりのマメを安心して食べられるようにするために始められたものなのかもしれない。

このように有害物質が含まれているにもかかわらず、マメの人気は衰えを知らない。マメは完全食品と言われる卵の三四パーセントものタンパク質を含み、卵より持ち運びがずっと容易だ。難破して無人島に流れ着いたロビンソン・クルーソー（英国の作家ダニエル・デフォーの同名小説の主人公）は、無人島で金貨や銀貨の入った袋を見つけて落胆する。「イングランドのカブやニンジンの種を六ペンス分、それとも片手一杯分のマメにインクひと瓶をつけてくれるなら、喜んでこれと取り替えるのに」と彼は言う。

一三世紀以来、「マメほどの価値もない」と言えば「まったく無価値」を意味する。こんな表現が生まれたのは、私たちがマメの真の価値をまるで理解していなかったからだ。私たちの多くは今、マメのおかげで存在している。

あなたも私も、おそらく例外ではない。

第3章　ビーツ
（ヴィクトリア朝時代の淑女を赤面させる）

雨あがりのにおい
カール大帝のクリスマス・リスト
ワインの澱の賢い使い方
長寿のレシピ
いくら体にいいとはいっても……

ビーツを切った断面 / istockphoto

「ビーツほど強烈な野菜はない」

——トム・ロビンズ（アメリカの作家）

世にビーツ嫌いは多い。

アメリカの大手インターネットサービス会社ＡＯＬが二〇〇八年に行った食べ物の嗜好調査では、ビーツはアメリカ人の嫌いな食べ物トップテンの第七位にランクインしている。一位のレバー以下、ライマメ、マヨネーズ、マッシュルーム、卵、オクラまでがビーツより上で、ビーツより下は芽キャベツ、ツナ、ゼラチンという結果だった。

家庭菜園でビーツを栽培している人は一一パーセントにすぎない。ホワイトハウスでも作られていない。オバマ大統領夫妻は揃ってこの野菜が嫌いなため、二〇〇九年には大統領官邸の有機栽培の菜園にビーツは植えられなかった。マディソンのウィスコンシン大学でこの野菜について研究するアーウィン・ゴールドマン教授によると、アメリカ国内の作付面積は三二〇〇ヘクタールにすぎず、四七〇〇ヘクタールのカブ、五九〇〇ヘクタールのラディッシュ、七二〇〇ヘクタールのマカダミアナッツより少なく、アメリカ農業統計局（ＮＡＳＳ）は統計すらとっていない。

嫌う人に理由を訊くと、鼻にしわを寄せ、吐く真似をして「においー」と答える。泥のようなにおいがすると彼らは言うが、好きな人にとってこれは「大地の香り」だ。この特有のにおいのもとはテルペンの一種であるゲオスミンという炭化水素分子で、雨あがりの庭のすがすがしい香りやテレピン油のにおい、ホップの香味の原因物質でもある。自然界では、藍藻や土壌中のバクテリアなど多くの微生物によって生成される。

人間はこの物質に驚くほど敏感に反応し、ナノグラム（一グラムの一〇億分の一）単位を検知する。ゲオスミンは微量だといい香りとして認識されることが多く、あるワイン業者はビンテージワインのこの成分に由来する香りを、好ましいものとしてドライアプリコットにたとえた。しかし量が多くなると水、ワイン、ナマズ、ビーツから泥のようなにおいがするようになり、体に害があるわけではないが多くの人たちが不快に感じる。

ガーデンビーツの学名 *Beta vulgaris* は、ギリシャ文字のベータに由来している。肥大した根がベータ（B）の形に似ているというのだが、ギリシャ文字を少しでも知っている人ならばわかるとおり、オミクロン（O）やシータ（Θ）のほうがずっと似ているし、ベータと比べればシグマ（Σ）のほうがまだ似ているというものだ。しかし「現代分類学の父」と呼ばれるスウェーデンの植物学者のカール・リンネがビーツはベータの形だと決め、アカザ科の仲間に入れた。アカザは英語ではグースフットとも言うが、これはガチョウの水かきのついた足の形に葉が似ている品種があるからである。

しかし二〇〇三年に形態学的かつ系統学的な分析が大規模に行われた結果、アカザ科は格下げされてヒユ科の一部となり、それまで小さな科にすぎなかったヒユ科は三倍の規模となった。ビーツの仲間には二四〇〇の品種があり、香味野菜のグッドキングヘンリーやラムズクォーターズ、ホウレンソウ、キヌア（アンデスの高地で昔から栽培されている雑穀。ポリッジやビールにされる）、タンブルウィード（ロシアアザミ）などがある。タンブルウィードはアメリカ西部に多く見られ、厄介ものとして疎まれているが、一九四〇年代のサンズ・オブ・ザ・パイオニアズの曲《タンブリング・タンブルウィーズ》で有名になった。

植物学者はビーツを三つの亜種に分類している。*Beta vulgaris ssp. vulgaris* にはおなじみの丸くて赤い根のビーツ、サトウダイコン、大きなマンゲル・ヴルツェルなど、*Beta vulgaris ssp. cicla* にはチャードなどが含まれる。シービーツと呼ばれる *Beta vulgaris ssp. maritima* はヨーロッパや中東の沿岸地方が原産で、現代のすべての栽培種の原種と考えられている。栽培種の中で最も古いのはおそらくチャードで、根ではなく葉を食べ、ホウレンソウに近い。古代ギリシャでチャードは銀の皿にのせてアポロン神に捧げられ、「テウトリオン」と呼ばれていたが、サイエンスライターのスティーヴン・ノッティンガムによれば、それはチャードの葉がイカの触手《テンタクル》に似ていたからだそうだ。とにかく見かけはどうであれ、この野菜が体にいいことは間違いない。加熱した葉一カップで、成人が一日に必要とするビタミンAの全量がまかなえる。

大きな根を持つビーツを最初に作りだしたのは古代ローマ人で、最初は薬としてのみ使われた。大プリニウスはビーツの葉だけを食べ、「土の中の赤い部分」は医師や薬剤師が使う部分だとして触れもせず、著書『博物誌』に水に浸けておくとヘビの嚙み傷に効く、ゆでて生のニンニクと一緒に食べるとサナダムシを駆除できる、ビーツの根の汁は飲めば頭痛とめまいに効き、耳に注げば耳鳴りを治す、煎じたものは潰瘍、吹き出物、丹毒、しもやけ、歯痛、それに便秘や下痢など腸の不調に効くなど二四の処方を挙げている。しかし『アピキウスの料理帖』の食道楽の著者は、ビーツの根のレシピをふたつ書き残している。リーキ、クミン、コリアンダー、干しブドウから作られたワインを加えてゆでるというのがひとつ、もうひとつは酢、油、マスタードシードでマリネにするというものだった。

八世紀終わりから九世紀初めには、ビーツは北ヨーロッパで広く栽培されるようになった。カール大帝の荘園令カピトゥラーレ・ドゥ・ヴィリスにも登場する。荘園令は荘園経営の指針を示した長大な行政指導で、いくつもの章に分かれて詳細に記されていた。

王はどんなささいなこともないがしろにできなかったようだった。荘司には毎年クリスマス時に会計報告を義務づけ、荘園の総収入の算定や耕地面積の査定（農民と小作人の労働によるもの）を始め、豚、カブ、マルベリーワイン、ビール、蜜蠟の量を正確に数えさせ、密猟の件数と内容についても報告させる細かさだった。現代の私たちが国税庁に提出する確定申告書の作成に苦労しているように、当時のフランスの荘司たちも大変な思いをしていたに違いない。

荘園令には、王領の庭園や菜園で栽培する花、ハーブ、果物やナッツの木、穀物、野菜の詳細なリストも含まれていた。野菜は「サラダ野菜」（キュウリ、メロン、レタス、パセリ、ラディッシュ、セロリ）、「根菜」（ニンジン、パースニップ、タマネギ、リーキ、ニンニク）、「香味野菜」（ミント、チコリ、エンダイブ、セイボリー、キャベツ、ビーツ）といった項目別に分けられていた。ビーツが根菜ではなく香味野菜に分類されているのは、カール大帝が食べていたのが葉を食べるチャードだったからだろう。ローマンビーツやブラッドターニップとして知られる赤く丸い根の赤ビーツは、ヨーロッパでは一六世紀になるまで普及しなかった。

エリザベス朝時代はビーツをシチューに入れて煮込んだり、つぶしてタルトに詰めて焼いたり、熾火の中で丸ごとローストしたりして食べた。白ビーツ（サトウダイコン）のほうが一般的で、その分格下に見なされた。一五七七年に出版された『庭師の迷宮（*The Gardener's Labyrinth*）』で著者のトマス・ヒルは、園芸を志す者たちにいくつか奇妙な助言をしている。たとえば、白ビーツでは不満な場合、「ビーツの根を赤くしたければ、水の代わりに赤ワインの澱を与えればいい」と言っている。また自ら実践しているビーツを大きくする技術についても語っているが、それは「大きめのタイルや植木鉢のかけらなど重さあるもの」を成長しているビーツの茎の上に置くというもので、これをたまたま見かけた人たちはヒル家のビーツ畑はずいぶん散らかっていると思ったに違いない。

植物の場合、赤い色はアントシアニンに由来していることが多い。リンゴ、ブドウ、ナス、さらには赤や青紫のバラも、この色素によって赤や紫色になる。しかしビーツの赤は赤ワインの澱とは違って、ビーツ、ブーゲンビリア、ウチワサボテンに特有のベタレインという鮮やかな色の分子による。

ベタレインには多くの種類があるが、赤及び紫のベタシアニンと黄色のベタキサンチンのふたつに大別できる。両方が混在すると赤やオレンジ色になる。一九世紀の女性たちはビーツの汁すなわちベタシアニンを口紅代わりに用い、現代ではベタシアニンの中で最も赤いベタニンが、ソーセージからクールエイド［子ども向けの粉末即席清涼飲料］までさまざまなものを着色する食品添加物として使われている。ベタシアニンを代謝できない体質の人もいて、赤ビーツを大量に食べるとピンク色の尿が出る。

ビーツは見て美しいだけでなく、体にいい。葉酸やビタミンB群が豊富に含まれているうえ、活性酸素を除去してくれる抗酸化物質も多い。抗酸化物質は細胞の損傷を防ぎ、老化を抑える。ユダヤ教の律法集であるヘブライ語のタルムードは紀元三〇〇～五〇〇年頃に口伝律法をラビたちが文書化したものだが、科学的根拠がまだ明らかになっていない時代だったにもかかわらず長生きにはビーツがいいとすすめている（そのほかに蜂蜜酒とユーフラテス川での沐浴も）。現代でも、健康のために野菜ジュースを飲むのがいいと提唱する人たちが、毎日ビーツのジュースを飲めば体内に蓄積した毒素が排出され、血圧とコレステロール値がさがり、心疾患と大腸癌のリスクが低減すると主張している。

しかしビーツを賛美するあまり、主張が極端な場合もあり、それが危険な事態につながることもある。たとえば一九五〇年代にハンガリー人医師アレクサンダー・フェレンツィは、悪性の進行癌患者に毎日生のビーツのジュースを一リットル飲ませたら目覚ましく回復したと報告している。医学的治療を受けずにビーツだけでよくなったというこのような体験談は、今でもインターネット上に無数にある。最悪の例は二〇〇九年に死亡した南アフリカ保健省の元大臣マント・チャバララ＝ムシマン博士、通称「ドクター・ビーツ」で、彼女はエイズの治療に抗レトロウィルス薬ではなく、まったく効果のないビーツ、レモン、ニンニクを推奨した。

北アメリカには、ヨーロッパからの入植者たちが大西洋を越えてビーツを持ちこんだ。

ビーツのように赤い

植民地時代に生まれた「ビーツのように赤くなる」という言いまわしは「恥ずかしさのあまり真っ赤になる」という意味だが、これは赤い色がビーツそっくりというだけでなく、色が永続的なものではないという点でも的を射た表現だ。ベクシアニンは水溶性なので、布を染めるのに使っても真紅なのは最初だけで、洗うとすぐに色落ちしてがっかりすることになる。赤茶に染めたいときには赤インゲンマメのほうが適しており、セイヨウアカネはさらにいい。後者は多年生の蔓植物で、コーヒーノキ（コーヒー豆がとれる）やアカキナノキ（キニーネの原料）と同じ科に属する。一七世紀の終わりから二〇世紀初めの英国陸軍の赤い軍服も、アメリカ最初の星条旗である有名なベッツィー・ロス・フラッグの赤いストライプも、この植物の根で染められていた。

一八世紀には、チャードも赤、白、黄各色のビーツの根も広く普及していた。トマス・ジェファーソンもモンティチェロで栽培し、メアリー・ランドルフは「もっと広く使われるべき野菜」であると嘆き、ゆでて塩漬けの魚に添えるといいとすすめている。

アメリア・シモンズは『アメリカ料理（*American Cookery*）』で「赤ビーツは濃厚で最高の味わいだが、白ビーツは妙に甘ったるくて嫌う人が多い」と述べ、赤ビーツに軍配をあげている。

甘ったるいと言われて人気のなかった白ビーツだが、サトウダイコンの開発を目指していた一八世紀のヨーロッパの化学者たちからの評価は高かった。一七四七年にドイツの化学者アンドレアス・マルクグラーフが、白ビーツにはサトウキビと同じで貴重な蔗糖が含まれていることを発見した。さらにマルクグラーフの教え子であるフランツ・アッハルトがビーツの根の糖分含有量を増やす方法と、ビーツから砂糖を作る工業的プロセスの両方を考案した。自らのすばらしい科学的成果に彼は興奮を隠しきれず、将来は必ずこのすばらしいビーツでタバコ、糖蜜、ラム、コーヒー、酢、ビールを造れるようにすると断言した。

プロイセン王は彼の大言壮語を鵜呑みにはしなかったものの、ビーツから砂糖を作る工場を建てる金をアッハルトに与えた。こうして一八〇一年にシュレージエンのクーナンに建設された最初の工場では、糖分わずか二パーセントの普通のガーデンビーツではなく、六・二パーセントのシュレージエン産飼料ビートが使われた。

それからの一〇年で、ビーツから砂糖を作る産業の重要性は特にフランスで飛躍的に増大した。英国がフランス皇帝ナポレオンの脅威に対抗するためフランスの港を封鎖したため、フランスは西インド諸島からサトウキビを輸入できなくなったのだ。そこでこの作物の代用としてレーズンから蜂蜜に至るさまざまな材料でシロップが作られたが、砂糖と比べるとどうしても見劣りした。そんなとき普段から科学文献を読み時代の趨勢に敏感だった薬学者のニコラ・デユーが、アッハルトのサトウダイコンを使うことを提案した。そしてワーテルローの戦いの三年前である一八一二年に、サトウダイコンから砂糖を作るフランスで初の工場が設立された。

今では、砂糖の大半はサトウキビとサトウダイコンから製造されている。トウモロコシ、ソルガム、サトウカエデから作られるものや蜂蜜もあるが、量的にはわずかだ。品種改良された現代のサトウダイコン（学名 *Beta vulgaris var. saccharifera*）は、重量比で二〇パーセントもの蔗糖を含み、国連食糧農業機関が作成した世界で栽培されている主要な農作物のリストで第六位となっている（一位はサトウキビ）。

白い飼料ビートを改良してサトウダイコンが作られたように、一八世紀になるとマンゲル・ヴルツェルの改良も進んだ。まずドイツとオランダで家畜用の餌として作られるようになり、一七七〇年代にイングランドに導入された。このときドイツ語のビーツの根《マンゴールドヴルツェル》が間違って「食糧難の根《マンゲルヴルツェル》」と伝わり、貧しい人々を飢餓から救ってくれるすばらしい食べ物だと信じられるようになった。

しかし、飼料ビートは人よりは牛に適した作物だった。マーサ・ワシントンはマウントヴァーノンでこれを実験的に栽培し、W・アトリー・バーピー社の一八八八年の種苗カタログには七種の飼料ビートが掲載されている。そのうちのひとつゴールデンタンカードはイラストを見ると四リットルの特大ジョッキそっくりの根の上に、不釣り合いなほど貧弱な葉がついているというものだった。これで育てた牛のミルクは高く売れるとミスター・バーピーは断言している。

カタログにはガーデンビーツ一二種とチャード一種も掲載されていて、チャードの茎と葉は「アスパラガスと同じように」調理でき、ピクルスにしてもよいとの説明がつけられている。きっとどれもおいしかったに違いない。

ほんの少し、肥沃な菜園の泥のにおいがしたとしても。

第4章　キャベツ
（ディオゲネスを当惑させる）

ロバート・バートンの「黒い霧」
サミュエル・ピープスの憂鬱な夕食
クック船長のザワークラウト
古代ローマのブロッコリー狂
ヨハン・ゼバスティアン・バッハの好きな食べ物

ジェームズ・アンソール『キャベツ』1880年、ベルギー王立美術館

「キャベツを育てれば、それだけで人の三倍も四倍も幸せになれる!」
——フランソワ・ラブレー(フランスの作家)

食用のキャベツの原種は、地中海や北ヨーロッパ沿岸に自生していた海浜植物だった。今も温暖な海岸沿いに生えている堅くて苦い葉の結球しないシーケールがそれだという研究者もいれば、現代の栽培種はいくつかの近隣種が交配した雑種であり、原種をひとつひとつ特定するのは不可能だと言う研究者もいる。どちらにせよ、たどれる範囲ではヤセイカンラン(学名 *Brassica oleracea*)が最も古く、これからケール、コールラビ、結球キャベツ、ブロッコリー、カリフラワー、芽キャベツなどが派生した。また昔、チャンネル諸島で草ぶき屋根を支える垂木として茎が使われた、高さが三~四メートルにもなる驚異的なツリーキャベツもそのひとつだ。

キャベツは何千年も昔から栽培されてきた。古代ギリシャでも食べられていたし、古代ローマ人はこの野菜を最高神ユピテルの汗だと考え、特に好んだ。汗は汗でも、対立するふたりの神官を何とかなだめようとしてかいた冷や汗ということのようだ。ふたり以上の子どもを持つ親ならば、思わず同情してしまう状況ではある。じつは彼らの考えるキャベツの由来には、もっと不愉快な別バージョンもある。エドニア王リュクルゴスはワインの神ディオニュソスを信じるカルトを禁じ、牛追い棒を巧みに使って酔っ払った巫女たちを閉じこめた。しかし復讐に燃えるディオニュソスに王は発狂させられ、息子をブドウの木だと思いこんでバラバラに切り刻んでしまう。怒ったエドニアの民たちにより四肢を馬にくくりつけられて八つ裂きにされた王が、死の直前に息子を殺してしまったことを悟って流した涙がキャベツになったという。

紀元前二世紀に現存する最古のラテン語散文『農業論（*De Agri Cultura*）』を著した古代ローマの軍人かつ政治家の大カトーは、自分の人並み外れた健康と長寿はキャベツのおかげだと熱狂的に褒めちぎった（彼は八〇代半ばまで生き、二八人もの息子をもうけた）。しかし誰もがこのようにキャベツを支持していたわけではない。紀元前四世紀の古代ギリシャの哲学者ディオゲネスはランタンを持って正直な人を探し歩いたことで知られているが、あるとき金持ちにへつらうことで有名な快楽主義者の若者に、「キャベツを食べて暮らせば、権力者にすり寄る必要はなくなる」と声をかけた。すると即座に若者は「有力者にすり寄りさえすれば、キャベツを食べる必要がなくなる」と答えたという。

舌の肥えた『アピキウスの料理帖』の著者はキャベツについて、クミンシード、ミント、コリアンダー、レーズン、ワイン、リーキ、アーモンド粉、グリーンオリーブなどを使った五種類もの調理法を書き残している。またクラウディウス帝は、コーンビーフとキャベツで作った料理は最高の夕食だと思うかどうかを元老院の議員たちに投票させたという逸話が残っている。議員たちは愚か者ではないので、満場一致で賛成票を投じたそうだ。

薬効としては、古代ローマでは大きな問題であったアルコール依存症を防いで二日酔いを軽減すると考えられ、疝痛、麻痺、腺ペストにもいいとされた。大プリニウスは栽培キャベツを用いた八七の処方を列挙している。痛風からしゃっくり、トガリネズミによる噛み傷に至るまで何にでも効くとし、キャベツを食べた人の尿で洗った子は「小さくて虚弱に育つことは絶対にない」と断言したが、ただひとつ食べると息が臭くなるのが欠点だと述べている。

最初に栽培化されたキャベツはおそらくケール（学名 *Brassica oleracea var. acephala*）で、この縮れた葉の非結球タイプのキャベツは、南アメリカで好まれているコラードグリーンと似ている。分厚い葉と繊維質の茎を持つが、アイルランドの伝説では月夜の晩に妖精がこの茎を馬代わりにするという。アメリカには植民地時代のごく初期に伝わり、一八世紀末には広く栽培されるようになっていたことが、『メリーランド・ジャーナル・アンド・ボルティモア・デイリー・アドヴァタイザー』紙に掲載された「各色のオランダ産ケール：スコットランド産と同等」という広告を見るとわかる。

「スコットランド産ケールと同等」というのは、ヨーロッパ一ケールを消費する国に対する称賛から来ている。スコットランドでは食欲がないことを「ケールを食べる気になれない」と言うし、家庭菜園を「ケール畑」というくらいこの野菜が浸透している。ただし今も伝わっているケール料理はスコットランド風ケールスープくらいのもので、料理の分野としては今も昔もあまり人気がない。

歴史的にはケールは飼料として使われるほうが多かったが、人間用としても動物用としても非常に栄養価が高く、カルシウム及びビタミンK、A、Cが豊富に含まれている。また抗酸化物質も非常に多く、ORAC値が一〇〇グラム当たり一七七〇で、これは芽キャベツ、ブロッコリー、ビーツの二倍である。

古代ローマではコールラビも食べられていたようだ。大プリニウスは「茎が根元に近いところで球状に肥大し、そこから細い葉が放射状に一本ずつ出ているアブラナの仲間」について記述を残している。多くの人はこれを読むとコールラビを思い浮かべると思うが、少なくともひとりはカリフラワーだと考えた人がいた。コールラビの茎はカブそっくりなのでカブタマナやカブカンランとも呼ばれるが、正確には根ではなく地上部分の茎がデンプンを蓄えるために肥大したもので、「茎キャベツ」と呼ぶほうが正しい。学名は舌がもつれそうになる、*Brassica oleracea var. gongylodes sub-var. caulorapa* である。

キャベツの仲間

キャベツはルタバガ、ラディッシュ、ホースラディッシュ、クレソン、カラシナ、ワサビと同じくアブラナ科アブラナ属の野菜だが、この科には三三〇の属と四〇〇〇近くの種がある。かわいらしい花を咲かせるイベリス（キャンディタフト）や、染料の原料となるインドアイも、キャベツの遠い親戚である。

カール大帝は王領にコールラビを植えるよう命じたが、宮廷医がこれを食べると兵士は鈍重になると警告したので、収穫されたものはすべて牛の飼料となった。悪名高い大麻入りブラウニー「ハシシ・ファッジ」のレシピを記したアリス・B・トクラスは、コールラビのさわやかな香味を「大衆的なキュウリから高貴なラディッシュのピリッとした辛みがする」と評し、ドイツや東ヨーロッパではこの野菜は人気があった。しかしアメリカではさほどでもなく、一九世紀の種苗カタログには飼料に適しているとの但し書きがついている。W・アトリー・バーピー社の一八八八年のカタログには緑、白、紫の三種が掲載されているが、説明は何もない。

ニューイングランドの煮込み料理《ボイルドディナー》の材料として欠かせない結球キャベツ（学名 *Brassica oleracea var. capitata*）は古代ローマ時代にもあり、大プリニウスは直径三〇センチくらいの大きさだと述べている。またユリウス・カエサルの軍は英国に侵攻したとき、赤と緑の二色のキャベツを携えていた。

結球するキャベツの葉は結球しないものと比べて大きく厚くなり、螺旋状に茎頂を包む。茎はほとんど伸びず、短いままである。結球は成人の頭くらいの大きさになるため、学名の *capitata* はラテン語で「頭」を意味するカプートに由来し、一般名のキャベツも古フランス語の「頭」を意味する *caboche* に由来している。キャベツは魅力ある野菜だが、「キャベツヘッドだね」と言われたら、褒められているのではない。アメリカの辞書編纂者スチュアート・バーグ・フレクスナーによると、「キャベツヘッド」は一六八二年以来「底なしの間抜け」を意味する。

一六世紀の終わりに、英国の植物学者ジョン・ジェラードは著書『本草書または植物の話（*Great Herball, or Generall Historie of Plantes*）』のアブラナ属について記述した部分で、栽培キャベツを「丸くないもの」（ケール、コラード）、「チリメンキャベツ」（ブロッコリー）、「カリフラワー」など一六種に分け、顔色をよくする、聴覚障害を治すなど多くの薬効を挙げた。

しかしブドウの栽培者に対しては、キャベツはブドウをだめにしてしまうから気をつけるよう警告した。

英国の牧師で学者でもあったロバート・バートンは『憂鬱の解剖学（*The Anatomy of Melancholy*）』（一六二一）で「食用の野菜のうち、ウリやアブラナの仲間、キュウリ、メロンは食べないほうがいいが、特にキャベツはよくない。悪夢をもたらし、鬱のもとである『黒い霧』を脳に送りこむ」と述べ、鬱病患者はキャベツを食べないように注意しなければならないとした。英国の官僚サミュエル・ピープスはシンプルに、夕食がキャベツでがっかりしたと綴っている。一六六〇年三月一〇日日曜日の彼の日記には、午後に教会で退屈な説教を我慢しなければならなかったうえに、夕食も「キャベツとベーコンの質素な料理」で、本当につまらない一日だったと陰鬱な記述がある。

しかし、誰もがバートンやピープスのようにキャベツを嫌っていたわけではない。一六二七年に作られた、ドーセットのウィンボーン・セント・ジャイルズにある、枢密院書記官長だったサー・アントニー・アシュリーの墓には、石造りのキャベツが鎮座している。サー・アントニーの彫像の足元にあるキャベツは非常に印象的だが、そこに置かれている理由はわからない。彼がイングランドに初めてキャベツを植えたという言い伝えは、もちろん間違っているのだろう。食の歴史に詳しいある人物によると、キャベツの品種改良に何らかの貢献をしたに違いないということだった。
それが本当なら、アシュリーの改良したキャベツが植民地のアメリカに渡ったことになるが、キャベツはもっと前にも大西洋を渡っている。記録によると、フランスの探検家ジャック・カルティエが一五四〇年代にカナダに植えている。のちにコネチカット植民地総督となるジョン・ウィンスロップ・ジュニアは一六三一年、先に新世界へ渡ってマサチューセッツ湾植民地の総督となっていた父に合流するのに、本や衣服、火薬、バター、革、ロープ、金物のほかに菜園用の種を収納箱に詰めた。「ランバー・ストリートのスリーエンジェルズにあるロバート・ヒル雑貨店で購入」したという彼の種のラインナップを見ると、当時アメリカの菜園でどんな野菜が栽培されていたかうかがえる。キャベツ、アブラナ科の野菜（おそらくケール）、カリフラワーなどだが、特にカリフラワーは若いジョンの買った種の中では高価だった。ほかの種はどれも数ペニーという値段だが、カリフラワーの種には六〇グラムほどで五シリング支払っている。

その後一八世紀にかけてキャベツはあっという間に普及して、どこの家でも栽培され、各家庭の食卓にのぼるようになった。一八世紀の半ばには、英国の造園家兼作家のバティ・ラングレーが「キャベツやチリメンキャベツ、カリフラワーがどんなものかを人々に教えようとするのは愚かなことだ。誰でも知っているのだから……」と言うほどになった。そんな中でもとりわけキャベツに詳しかった人物は、第三代アメリカ大統領トマス・ジェファーソンだろう。非常に精力的な彼は、モンティチェロで一八種ものキャベツを育てた。上が平らで太鼓そっくりの形をしたドラムヘッドキャベツや、「ひび焼きの陶器の表面のように細かく縮れた葉を持つ深緑色の丸いキャベツ」と古風な表現でフリルのような葉を生き生きと形容したチリメンキャベツは、彼の言葉の端に特によくのぼった。バラの栽培家たちがオールドローズの一種であるダマスクローズを「キャベツローズ」と呼ぶのは、このチリメンキャベツに似ているからだ。

種苗会社のW・アトリー・バーピー社は一八七七年にシュアヘッドという品種のキャベツをアメリカで初めて紹介したところ、その反響は熱狂的だった。メリーランド州サイクスヴィルのR・マックローンは水を入れるバケツのように大きなキャベツができたと言い、メイン州モンマスのセス・フィッシュは「自分の農場に植えている作物の中で一番目立っている」と述べ、アラバマ州スプリングヴィルのJ・M・キャロルはすばらしい満足感を与えてくれたと控えめに語り、オハイオ州リートニアのS・C・ストラットンは栽培したものが重さがひと玉一六キログラムにもなったと自慢し、「シュアヘッド種のキャベツに優るものはない」と書いている。一八八八年になると、W・アトリー・バーピー社の種苗カタログにはシュアヘッド以外に三一種ものキャベツが掲載されるようになった。ブロッコリー（紫）も芽キャベツもそれぞれ一種ずつしか載っていなかったのとは、大違いである。

第一六代アメリカ大統領エイブラハム・リンカーンはキャベツが大好物で、一八六一年の

自らを美しく保つキャベツ

バイオミメティックスとは生物の機能を模倣して利用する技術のことで、人はサーベルタイガーの毛皮を身にまとっていた太古の時代からこれを行ってきた。衣服につく野生種のゴボウの実がヒントになったマジックテープ、ヤモリの足のようにぺたぺたした粘着テープ、オリンピックの水泳選手たちが着ていたサメ肌の水着などは、どれも自然界にある仕組みを真似て作られている。そしてスコッチガードのような撥水、防汚スプレーは、汚れをはじくキャベツの仕組みにアイデアを得て作られた。

電子顕微鏡で見るとキャベツの葉には細かなでこぼこがあって、それが水をはじくワックスの結晶で覆われている。そこでキャベツに水をかけてもしみこまずに表面を流れ、汚れと一緒に落ちる。だから雨あがりのキャベツの葉は、あんなにも美しく輝いているのだ。

就任晩餐会にもコーンビーフとキャベツで作った料理を用意させたが、一九世紀の終わりにはそうした華々しい食卓にキャベツがのぼることはなくなってしまった。フードライターのM・F・K・フィッシャーは『食の美学』で、知人がスイスの小さなレストランでキャベツ料理に遭遇したときのことを語っている。「『この美しい食べ物はいったい何かしら？』とミセス・デイヴィッドソンは質問した……。最初、ホウレンソウだと言うとミセス・デイヴィッドソンは顔を曇らせたが、さらにキャベツではないかと言うと今度は完全におののいたような嫌悪の表情を浮かべた」

二〇世紀にかけて、キャベツに対する社会的評価はどん底にまで落ちこんだ。居間で豚を飼うような貧しい大衆の食卓にのぼる、最底辺の食べ物だと見なされるようになった。そうなってしまった大きな原因は、調理の際に発生する鼻を刺すような不快なにおいだった。ミセス・デイヴィッドソンは初めてこのにおいを嗅いだとき、思わず息をのんでマフを顔に当て、あとずさりした。そしてにおいのもとに思い当たり、「まあ、私たち貧民街にいるのだわ！」と叫んだと語っている。

キャベツを加熱すると不快なにおいがするのはカラシ油やイソチオシアネートという揮発性の含硫化合物が含まれているからで、加熱するとこれらが分解して悪臭を放つアンモニア、硫化メチル、メルカプタン（スカンクのにおい）、硫化水素（腐った卵のにおい）が生成される。

普通に畑で栽培されるキャベツなのに、その成分であるカラシ油は重火器並みの威力を持っている。この成分は、キャベツが虫たちを撃退し、身を守るためのものだ。カラシ油は普段は糖分子と結合したカラシ油配糖体として存在し、何の害もない。しかし虫に食べられるなどして細胞が破壊されると、同じ植物内の分解酵素とまじり、抑制因子であった糖が切り離されてカラシ油となる。そして虫たちを撃退するのだ。カラシ油はキャベツ、ブロッコリー、カリフラワーでは作用は穏やかだが、含有量の多いラディッシュではややピリッとした風味を、ホットドッグに使われるマスタードではさらなる刺激を、ホースラディッシュやワサビでは強烈な辛さを生みだす。

キャベツの仲間にはカラシ油だけでなく、甲状腺がヨウ素を取りこむのを阻害するゴイトリンやビタミンの作用を拮抗的に阻害する抗ビタミンも含まれている。栽培キャベツはこれらの物質が少なくなる方向に品種改良されてきているので、体に害となることはない。しかし人の手の入っていない野生種のキャベツには、こうした物質が栽培種の四倍も含まれている。

一九世紀には多くの貧しい人々がにおいに耐えながらキャベツを煮込んでいたが、ヨーロッパのドイツ語圏からアメリカに移住してきた「ペンシルヴェニア・ダッチ」と呼ばれる人々は、大好きなキャベツをザワークラウトにして食べていた。ザワークラウトの歴史は古く、中国の万里の長城の建設労働者たちはコメと酒に浸けたキャベツを食べていた。それから何世紀も経て、チンギス・ハンの兵隊たちは塩を加えて保存性を向上させ、東ヨーロッパへの侵略に携行した。このキャベツは征服された人々のあいだにも根づき、モンゴル人が去ったあとも残った。

ザワークラウトにはビタミンCが豊富に含まれているので、昔は長い航海に出る船に壊血病予防のため積みこまれた。英国海軍はのちにライムの果汁を用いるようになったが、それまではザワークラウトを試して効果を認めていた。海洋探検家ジェームズ・クック船長は、一七七二年から一七七五年にかけての二回目の探検航海で、英国海軍艦船レゾリューション号に乗ってニュージーランドからさらに南の南極圏に到達したが、船員たちには発酵キャベツを食べさせていた。航海日誌には次のように記されている。

「われわれはザワークラウトを大量に積みこんだが、これには野菜としての価値だけでなく、壊血病の予防に非常に効果があるようだった。また長期間貯蔵したあとでも効果に変わりはなかった。航海中は各船員にザワークラウト五〇〇グラムを週に二回、あるいは必要に応じてそれ以上を配給した。これをレゾリューション号が海に出ていた三年と一八日間、北緯五二度から南緯七一度まで行って戻ってくるあいだ、神の導きに従って継続したところ、長患いで命を落とした者がひとりだけいたものの、壊血病の兆しはまったくなかった」
故国の王家に忠実なペンシルヴェニア人によれば、ザワークラウトはカール大帝の好物だったらしい。ペンシルヴェニア州ランカスターで育った第一五代アメリカ大統領ジェームズ・ブキャナンは、ウィートランドと呼ばれる故郷の自宅で夕食にザワークラウトを振る舞ったことで有名である。第一次世界大戦中には反ドイツ運動としてザワークラウトが「自由のキャベツ」と言い換えられ、その愛国的な名のもとに人々はキャベツを食べつづけた。また現在でも、メリーランド州ではいかにもアメリカ的な料理である感謝祭の七面鳥に、当然のようにザワークラウトを付け合わせとして添える。

古代ローマ人はブロッコリー（学名 *Brassica oleracea var. italica*）が大好きだった。ブロッコリーという語は「枝」を意味するラテン語のブラキウムから来ているが、古代ローマでは詩的に「最高神ユピテルの緑の五本指」と呼ばれていた。ティベリウス帝の長男で後継者の小ドルススは、まるで中毒のようにこの野菜に取り憑かれていたらしい。一カ月間ほかの食べ物を拒否しつづけて明るい緑色の尿が出るようになったので、あきれ果てた父親がそんなふうに体によくない状態を続けてはならないと叱責してやめさせたという逸話が残っている。

ブロッコリーの稲妻

ブロッコリーそっくりの稲妻がある。一九八九年にアメリカの物理学者のジョン・ウィンクラーがミネソタ大学の同僚と一緒にたまたまビデオで撮っていて発見した。この稲妻は下に向かわず成層圏に向かって上向きに走り、雷雲の上に五〇キロメートルに及ぶ奇妙なピンクと青の電気的幻影を発生させる。ウィンクラーはこれをシェークスピアの『テンペスト』に出てくる気まぐれな妖精たちになぞらえて、「精霊」と呼んだ。主人公プロスペローの暮らす魔法にあふれた島の妖精たちのように見つけるのが難しく、一〇〇〇分の一秒で消えてしまう。ハチドリが一回羽ばたきをする時間よりも短い。この幻影をクラゲにたとえる者もいるが、家に菜園のある気象学者なら誰でもブロッコリーとの類似性に気づくだろう。

ブロッコリーは一五〇〇年代半ばにフランスに伝わり（カトリーヌ・ドゥ・メディシスがイタリアから連れてきた創作意欲あふれる料理人が持ちこんだのだという説も）、それからすぐに海を渡ってエリザベス朝時代のイングランドに伝わった。当時のメニューに「ブロークル」という表記が残っている。スコットランド人園芸家フィリップ・ミラーの著書『園芸事典（*Gardener's Dictionary*）』（一七三一）には「イタリアのアスパラガス」という表現があるし、ヴァージニア州出身の政治家ジョン・ランドルフが一七六五年に匿名で出版したと言われる『園芸論（*Treatise on Gardening*）』では、「アスパラガスのように茎も食べられるが、上部はカリフラワーのようだ」と記されている。

こうした描写を読むといかにもおいしそうなのに、ブロッコリーが広く一般に受け入れられたのはようやく一九三〇年代に入ってからで、しかもまだ抵抗を示す人たちもいた。ジョージ・W・ブッシュ元アメリカ大統領は大のブロッコリー嫌いで、「子どもの頃から嫌いだったが、母に食べさせられた。しかし今や私は大統領になったのだから、これからは絶対に口にしない」と宣言したことは有名だ。

ブロッコリーが広まりはじめた頃に、『ニューヨーカー』誌に掲載された有名な漫画がある。ライターのE・B・ホワイトがキャプションをつけたもので、野菜を食べさせようとする母親といやがる子どもが描かれている。

「さあ、ブロッコリーを食べなさい」

「これはホウレンソウだよ。絶対に食べるもんか」

最近の子どもたちは、昔の子どもたちほどブロッコリーを嫌っていないようだ。子どもを対象にした調査では、好きな野菜の上位はニンジンやジャガイモでブロッコリーは入っていないが、嫌いな野菜の上位にも入っていない。六〇パーセント近くが好きと答え、これはサヤインゲン、ホウレンソウ、アスパラガス、ナスよりも多い。

ブロッコリーもカリフラワーも、キャベツの花の変化した部分を食用にしている。両方とも同じ変化の過程をたどったが、どちらが先でどちらがあとなのか決定しようとすると、「卵が先か鶏が先か」という議論と同様、堂々めぐりに陥ってしまう。ブロッコリーは太い茎と房状の花蕾の両方が食用になり、花蕾はそのまま放っておくと開花する。一方カリフラワーの花蕾は発育せず、ピーター・パンと同じで決して「大人になる」ことはない。この事実こそ、ブロッコリーが進化の過程で先に存在する証拠だという学者もいる。現代のブロッコリーはほとんどが緑色だが、一九世紀には紫、茶、赤、クリームとさまざまな色のものが栽培されていた。

かつてはカリフラワー（学名 *Brassica oleracea var. botrytis*）のほうがブロッコリーよりも人気があったが、アメリカの作家マーク・トウェインは「大学教育を受けたキャベツのようなものだ」と言って嫌った。この知性のあるキャベツは一年で成長しきる早熟者だが、可食部である花蕾は成熟して開花することがなく、ひとつのかたまりのように固く結びついた花蕾球となる。一二世紀にアラブ人の植物学者が「花の咲くシリアのキャベツ」について触れているが、これはおそらくカリフラワーのことだろう。英国の植物学者ジョン・ジェラードも「コール・フラワリー」について述べているし、一七世紀のフランスの文書にも「シュー・フルール（キャベツの花）」という語が出てくる。アメリカのフードライターのバート・グリーンによると、スペインではカリフラワーは観賞用に栽培され、多くの若い女性たちが小さいカリフラワーを胸の谷間に差して色っぽさを演出していたという。

しかし食用にされるほうが一般的で、一八世紀には生のまま、あるいはゆでたりピクルスにしたりして家庭の食卓に頻繁に登場するようになった。「畑にあるフラワーの中でカリフラワーが一番好きだ」と、胃袋をつかまれたらひとたまりもない英国の文学者サミュエル・ジョンソンは宣言した。フランスではスープにすることが多く、宮廷で供されたポタージュはルイ一五世の魅惑的な愛人にちなんで「クレーム・デュ・バリー」と呼ばれた。

現在栽培されているカリフラワーのほとんどは白かクリーム色で、かつては太陽の光でクロロフィルが生成されて白さが損なわれないよう、外葉で花蕾球を包んで栽培していた。一八世紀には赤や紫のカリフラワーも作られていたが、この世紀が終わる頃には流行らなくなってしまった。W・アトリー・バーピー社の一八八八年の種苗カタログには一　の栽培種が掲載されているが、すべて白だった。

数多いキャベツ類の中で最後に登場したのは芽キャベツ（学名*Brassica oleracea var. gemmifera*）で、一八世紀半ばのベルギーに突然現れた。しかしそれより前にも、芽キャベツらしきものがあったという記述が、複数の文献に記されている。「ダイヤモンドの作り手」という芽キャベツのでそう呼ばれていたようだ。古代ローマには、頭の働きをよくするというの海戦の前にこれを食べたと言われているが、そのかいなくオクタヴィアヌスに敗北した。また、古代ローマの文献にはごく小さく結球するキャベツを描写したものがあると指摘する者もいる。芽キャベツは、結球せずに放射状に広がる大きな本葉の根元に、側芽が結球した小型のキャベツがたくさんつく。「一〇〇〇の子のつくキャベツ」と呼ばれるゆえんだ。

このように多様なキャベツ類の葉、茎、蕾、花、根を私たちは食べているわけだが、実だけは食べない。キャベツの実はマメの鞘のような形状の長角果で、乾燥していて食べてもおいしくない。また普通は花が咲く前に収穫して食べてしまうので、実を見かけることはあまりない。しかし同じアブラナ科のルナリアは美しい透き通った鞘をつけるので鑑賞用に栽培され、鞘の丸い形からマネー・プラント、ムーンワートといった銀貨や月にちなんだ別名を持つ。

ほかに鞘が珍重されるものに、シロイヌナズナがある。外見的にとりたてて特徴のないこのアブラナ科の植物はヨーロッパ、アジア、北アフリカ原産で、種子が発芽し、花をつけて鞘を実らせるまでにたった六週間しかかからない。ゲノムサイズがとても小さく染色体が五対しかないことや一世代が非常に短いことから、シロイヌナズナは植物の遺伝子の研究や発達、進化を研究するモデル生物として広く利用されている。植物版のマウスやショウジョウバエだと植物学者は言う。

キャベツの現代種は、将来宇宙生活にも活用できると見込まれている。一九八〇年代に開

バッハのクラシックキャベツ

ドイツの作曲家ヨハン・ゼバスティアン・バッハはブランデーとビールを飲んだことが酒場の請求書から確認されており、あとはおそらくキャベツ、カブ、ジャガイモといったものを食べていたと考えられる。しかしじつはソーセージとザワーブラーテン〔酢漬けにしたビーフの蒸し焼き煮〕が好きだったのかもしれないと、彼の音楽は示唆している。有名な《ゴルトベルク変奏曲》第三〇番変奏は当時の流行歌をふたつ組みあわせて作られているが、そのうちのひとつは「キャベツとカブ」という歌で、出だしは「キャベツとカブがおれを追いだした／もし母さんが肉を食べさせてくれていたら、おれは家を出ていかずにすんだのに」だった。

始されたＮＡＳＡの閉鎖生態系生命維持システム（ＣＥＬＳＳ）計画は、将来宇宙ステーションや宇宙コロニーで活用できるよう、閉鎖空間での食糧生産について分析している。今のところレタス、ホウレンソウ、イチゴ、チャイブ、ジャガイモが地球外での栽培に有望らしい。研究者たちはほかにもトマト、トウモロコシ、ソルガム、イネ、コムギ、ピーナッツ、ラディッシュ、カボチャ、キュウリ、ニンジン、キャベツなどさまざまな野菜についてテストを重ねている。

もしかしたらキャベツは、すでに宇宙に進出しているのかもしれない。月の男について、北ドイツに古くから伝わる民話がある。クリスマスイブに隣人の畑からキャベツをこっそり盗もうとした男が幼子キリストに見つかって、罰として月に送られてしまった。キャベツを持ったまま、男は今でも月に座っているのだという。

第5章　ニンジン
（トロイア戦争に勝利をもたらす）

傍若無人なウサギ
ヘンリー・フォードのこだわり
悪魔の粥《デヴィルズポリッジ》
猫目のカニンガムが猫目だった理由
一番繊細なレースを作った者

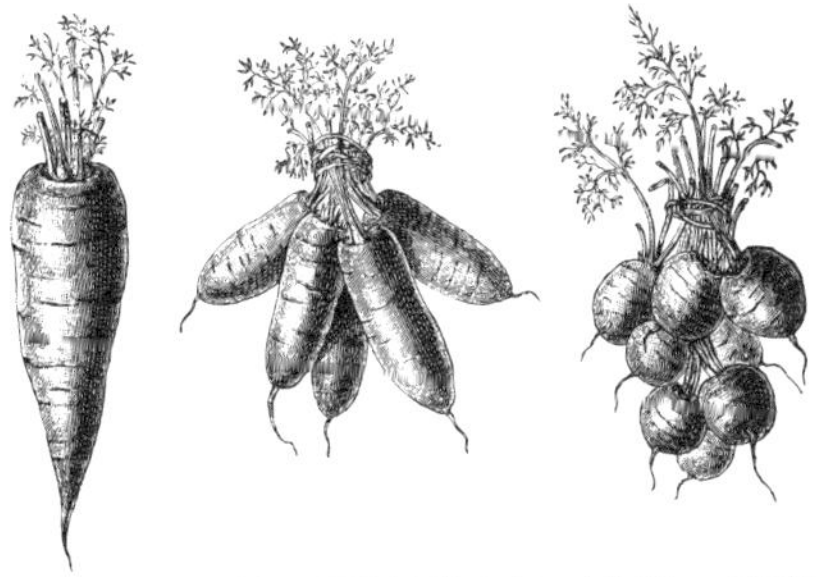

ニンジン、マイヤー百科事典より、1840～52年

「大きくて生の、何も手も加えていないニンジンは、小屋の中でイースターをひたすら待ちわびる生き物にしか歓迎されない」

――フラン・レボウィッツ（アメリカの作家）

ビアトリクス・ポターのピーターラビットは本に登場するなかで最も有名なウサギだが、ニンジンは食べない。嘘ではない。食べる場面は出てこない。木戸の下をくぐり抜け、マグレガーさんの畑に入ったピーターは、レタスやサヤインゲンやラディッシュをガツガツと食べて気持ち悪くなり、パセリを探しに行く。そしてキュウリの苗床の角を曲がったところで、当然のごとく激怒しているマグレガーさんに見つかる。このあと物語の大半は、逃げることに費やされる。そしてニンジンが登場する気配のないまま夜になり、ピーターのお行儀のいいきょうだいフロプシー、モプシー、カトンテールはパンにミルクをかけたものとブラックベリーの夕食をとるが、悪い子だったピーターは怒られた末にカモミールティーを大さじ一杯飲んだだけでベッドに行かされる。

ウサギはたしかにニンジンを食べる。しかし実際は、ウサギが食べるものとしてそう上位に位置するわけではない。エンドウマメやビーツのほうがもっと好きなので、これらを畑で栽培している場合は六〇センチくらいの高さの囲いをしておかないと食べられてしまう。周りに乾いた血や狐の尿を撒く、フェレットを放すなどの方法もあるが、確実とは言えない。ウサギはしつこくて図々しい手ごわい相手なのだ。

一方、人間はニンジンがかなり好きである。私たちはひとり当たり年間約五・四キログラムのニンジンを食べているし（一九七五年の一・八キログラムからかなり増えている）、カボチャやホウレンソウを嫌う子どもたちも、ニンジンは好きな野菜として挙げることが多い。過去にさかのぼるとニンジン好きの最たる人物は実業家のヘンリー・フォードで、この野菜に対する情熱は自動車に対するそれに次ぐというくらいの熱狂ぶりだった。

フォードはミルクを飲まず（「牛はこの世で一番粗雑な機械だ」）肉も食べなかったが（ビーフの代わりにダイズを、チキンの代わりにオートミールのクラッカーをすすめた）、ニンジンには心酔していて、この野菜こそ長寿の鍵を握ると確信していた。あるとき彼が主賓として招かれた食事会で、一二皿のニンジンづくしのコース料理が出された。スープ、ムース、サラダ、ピクルス、グラタン、ケーキ、アイスクリームがすべてニンジンで作られ、飲み物はニンジンジュースだけだった。

フォードは、息子のエドセルがティツィアーノの絵（《ホロフェルネスの首を斬るユディト》）をデトロイト美術館に寄贈したとき、突然関心を示したらしい。しかし彼が興味を持ったのは作品ではなく、九九歳まで生きたという画家だった。彼はティツィアーノがニンジンを食べていたかどうかが知りたかったのだ。

ニンジンの原産地はアフガニスタンで、当時のものは紫色だったと植物学者は考えている。細くて何本にも枝分かれした使い勝手の悪そうなワイン色の根は、現在の太くて一本にまとまった栽培種と同じセリ科の植物だった。三〇〇属三〇〇〇種を擁するセリ科の植物には芳香がある。かじると小気味のいい音のするニンジン（学名 *Daucus carota*）のほかに、セリ科にはセロリ、パースニップ、アニス、キャラウェイ、チャービル、コリアンダー、クミン、ディル、フェンネル、ラベージ、パセリ、ドクニンジンなどがある。ドクニンジンはアイルランドでは「悪魔の粥《デヴィルズポリッジ》」と呼ばれ、古代ギリシャの哲学者ソクラテスはこの汁で処刑された。セリ科の植物は茎が中空なので、英国の作家ヤン・ラヴロックの『野菜の本（*The Vegetable Book*）』（一九七二）によると、野生種のパースニップの茎はストロー代わりにリンゴジュースを飲むのに使われたり、マメを飛ばす吹き筒として用いられたりしたらしい。

ニンジンの原種は、今も野原や道端でよく見かける野草のクイーン・アンズ・レース（ノラニンジン）とよく似ていたと考えられている。古代ギリシャや古代ローマの栽培種は、おそらくまだ枝分かれしたものだった。しかし現代の種苗業者が「分岐が多い」と呼ぶ魔術に使われるようなまがまがしい形ではあっても、野生種と比べると大きくてみずみずしく苦味も少なかったに違いない。種苗会社を経営するフランス人のアンリ・ドゥ・ヴィルモランは一九世紀後半に交配実験を行って、古代の農民が栽培種のニンジンを作りだすのはさほど難しいことではなかったと示してみせた。彼はたった三年で、ひょろりとした細い根の野生種から栽培種と同等の太い根を持つニンジンを作りあげた。

　現代の栽培種の特徴とも言える円錐形をしたニンジンは一〇～一一世紀頃小アジアで作られ、ヨーロッパには一二世紀頃スペインを侵略したムーア人の支配下にあったスペインからもたらされた。しかし爆発的に普及したわけではなく、一六世紀に英国の植物学者ジョン・ジェラードは、栄養的にはニンジンは「たいしたことがない」と述べている。しかし園芸書『日の当たる楽園、地上の楽園（*Paradisus in Sole Paradisus Terrestris*）』（一六二九）の著者である英国の植物学者ジョン・パーキンソンは彼よりもニンジンが好きだったらしく、ビーフブロス［ビーフを煮出して作ったスープ］で煮れば「非常においしい」と書き、さらに形は「丸くて細長く、上が太くて下が細い」、色は赤か黄で、濃い緑の葉は秋になると赤や紫に色が変わるので、「そうなるととても美しく、貴婦人たちはこぞってこの葉を集め、鳥の羽根の代わりに髪や帽子に挿したり袖にピンで留めたりする」と説明を加えている。

ニンジンのクラリネットとカボチャのドラム

十一人の楽団員からなるウィーン・ベジタブル・オーケストラは、生の野菜で作った楽器で演奏を行い、世界中で披露している。ニンジンのフルート、リコーダー、クラリネット、カボチャのドラム、リーキのバイオリンなどが使われている。

昔のニンジンの紫、スミレ、赤、黒といった色はすべてアントシアニンという色素に由来しており、一六世紀頃西ヨーロッパでこれの含まれない淡い黄色の変種が登場するまで、ニンジンにおけるアントシアニンの優位性は揺らがなかった。だからトロイの木馬の中でアガメムノンの兵士たちが「腸を静かにさせておくため」にそっと噛み砕いて腹におさめたと言われているニンジンは、アントシアニンがたっぷり含まれている紫色のものだったに違いない。また戦場に出ていない古代ギリシャ人たちが媚薬の原料にしていたニンジンも、それだったはずだ。なぜ催淫効果があるとされていたかというと、昔はニンジンを含めてわずかでも男性器に形状が似ている野菜は欲望を高めるものと考えられたからだ。そこで下心のある古代ローマの兵士たちはスープで煮たニンジンを女性の捕虜たちに与えて性的抑制を解こうとし、悪ふざけが好きなカリギュラ帝はローマ帝国元老院の議員全員にニンジン料理を振る舞

い、性的に暴走する姿を見ようとした。★

黄色やのちにオレンジ色の品種ができると、紫色のニンジンの人気は急落した。栽培種の紫色のニンジンは、味はいいが加熱すると色がまずそうなくすんだ茶に変わってしまう。これではどんなに細かいことにこだわらない料理人でも二の足を踏む。見栄えのいいオレンジ色のニンジンは一六世紀末から一七世紀初め、当時ヨーロッパにおけるこの野菜の品種改良を先導していたオランダで作られた。この時代の油絵には、突然オレンジ色のニンジンが描かれるようになった。たとえばオランダ人画家ヨアヒム・ウテワールの《台所の情景》(一六〇五)では、子ども、犬、猫に加えて隅のほうでは男女がたわむれているというにぎやかな台所の床の中央に、オレンジ色のニンジンがひと束置かれている。

オランダ人の栽培家たちはさらに改良を進めて色の濃いロングオレンジを作ったが、非常に大きなこの品種は冬季の保存用で、一方ではもっと小さくて甘いホーンという品種も作りだした。また一八世紀半ばにはホーンからさらに、レイトハーフロング、アーリーハーフロング、小さいサイズのアーリースカーレットホーンという収穫時期や大きさの異なる三種のオレンジ色の品種を生みだした。現代のオレンジ色のニンジンはすべて、この二〇〇年前の三つの品種に直接つながっている。

ニンジンのオレンジ色はカロテノイドに由来している。カロテノイドは五〇〇あまりの色

加熱するのと生のままと、どっちがいい？

ニンジン一本には、成人の一日の推奨摂取量より多くのビタミンAを摂取できるだけのベータカロテンが含まれている。しかしこれをなるべく効率的に吸収するためには、生のニンジンよりも加熱したニンジンを食べるほうがはるかにいい。バッグス・バニーのように生のニンジンをかじっても、人間の消化システムでは三パーセントしか吸収できない。ところが加熱するとニンジンの細胞壁が壊れ、四〇パーセント吸収できるようになる。またミキサーやジューサーにかけると、吸収率は九〇パーセントまであがる。

やオレンジの色素の総称で、大切な緑色のクロロフィルが日光によって損傷しないように守る役割を担っている。カロテノイドの一割はビタミンAの前駆体で、ベータカロテンもその一種だが、ニンジンのカロテノイドにもこれが一番多い。消化管内で、ベータカロテンは酵素によってふたつのビタミンA分子（レチノール）に切り離される。

ビタミンAは人の体に入ると、さまざまな重要な働きをする。たとえば細胞の成長や複製を助けたり免疫システムを制御したりといったことだが、最もよく知られているのは視力に対する効果だろう。ビタミンAは網膜の桿体細胞でオプシンというタンパク質と結合して、視覚色素のロドプシンを作る。この色素のおかげで、私たちは暗いところでもいくらかものが見える。実際、暗順応障害（いわゆる夜盲症）はビタミンAが不足しているという最初のサインであり、不足の程度が著しかったり長期間に及んだりすると永久に失明することもある。

しかしおばあちゃんにどう言われていたにせよ、ニンジンを食べたら暗い場所で昼間と同じようにはっきりと見えるようになるということはない。固くなってカールしたパンの皮を食べたからといって髪がカールするわけではないのと同じだ。ニンジンが夜間視力を飛躍的に向上させるという間違った思いこみの原因は、もとをたどれば第二次世界大戦中のバトル・オブ・ブリテンにある。英国軍は近づいてくるドイツ軍の爆撃機を効果的に捕捉する新しいレーダーシステムを導入し、英国空軍の戦闘機パイロットはこれによって大きなアドバンテージを得た。

伝説的パイロットであるジョン・カニンガムはレーダー搭載の戦闘機で敵機を撃ち落とした最初のパイロットで、夜間に驚異的な撃墜率を誇ったことから「猫目のカニンガム」と呼ばれた。しかし英国空軍は自国の海岸沿いに林立するレーダー用の塔からドイツ軍の注意をそらそうと、カニンガム率いる夜間迎撃部隊のパイロットたちは視力向上のためニンジンを毎日食べていると宣伝した。この嘘をドイツ軍上層部がどう受けとったのかは不明だが、英国の一般大衆はそのまま鵜呑みにして、ニンジンを食べれば灯火管制下でも不自由せずに動きまわれると考えた。

ニンジンで本当の夜間視力は手に入らないが、たくさん食べて体を黄色くすることはできる。柑皮症と呼ばれるもので、皮下脂肪にカロテノイド色素が沈着して起こる。外見的に問題はあるが健康に害があるわけではなく、ニンジンを食べるのをやめれば二、三週間でもとに戻る。

ミルクの脂肪分であるクリームが黄色っぽいのもカロテンのせいだ。一七世紀に賞をとったオランダのニンジンで飼育された牛はヨーロッパ一濃厚なミルクを出し、非常に濃い黄色のバターができたという。こういうものを食べているからオランダ人はバラのように赤い頬になるのだと、当時の人々は噂した。植民地時代のアメリカのバターの作り手たちのあいだでは、あまり餌のよくない牛から搾ったミルクにあとからニンジンジュースをまぜ、濃い黄色のバターを作ることが横行していたという。

ニンジンにはベータカロテン以外にも豊富にミネラルが含まれ、特にカリウム、カルシウム、リンが多い。二〇〇八年にテキサスにあるベイラー医科大学のケンダル・ハーシ博士のチームが、遺伝子操作でカルシウムの含有量を増やしたスーパーキャロットを作った。スーパーキャロットを食べると普通のニンジンより四〇パーセントも多くカルシウムを摂取できるらしいので、これでいつか骨粗鬆症が予防できるようになるかもしれない。

ニンジンには糖も多い。二〇センチのニンジン一本には炭水化物が約七グラム含まれていて、そのほとんどは蜂蜜の場合と同様、果糖とブドウ糖だ。そこで第二次世界大戦中に砂糖が調達できなくなると、英国食糧省はニンジンを大いに利用することにした。同省の発行した『戦時下の料理についてのリーフレット4（*War Cookery Leaflet 4*）』はニンジンのさまざまな調理法を掲載し、プディング、ケーキ、フランなどのレシピを紹介した。シルクハットをかぶり白衣を着た「ドクター・キャロット」を旗印に政府主導で野菜の摂取が推奨され、創意工夫の才に富んだ家庭の主婦たちは、ニンジンタフィー、ニンジンマーマレード、ニンジンファッジ、ニンジンとルタバガのジュース「キャロレード」を作りだした。

ニンジンは甘いので、昔からよくデザートにも使われた。一四世紀の料理本『パリでよき妻となるための手引書（*Le Menagier de Paris*）』には、ニンジンジャムの作り方が載っている。材料は「赤い根」と、グリーンウォールナッツ（未成熟のクルミの実）、マスタード、ホースラディッシュ、スパイス、蜂蜜である。一六九九年に出版されたジョン・イーヴリンの料理本『アケーターリア〔ラテン語でサラダの意味〕：サラダについての本（*Acetaria: A Discourse of Sallets*）』にはクリーム、バター、卵、砂糖、ナツメグ、すりおろしたニンジンで作る、おいしそうだがまるでサラダらしくないキャロットプディングのレシピが載っている。ジャガイモばかりの食事を強いられていたアイルランド人はニンジンを珍重して、「地下の蜂蜜」と呼んだ。

ニンジンとよく似たパースニップはさらに甘みが強いが、アメリカの詩人オグデン・ナッシュはこれを好まず、次のように書いている。

「子どもたちよ、もう一度言う。
パースニップは貧弱なビーツだ。
これを食べられるという者もいるが、
私に言わせれば、絶対に無理だ」

一九世紀により万能に使えるジャガイモが普及すると、女性の腰の後ろに当ててスカートをふくらませるバッスル同様、パースニップやキクイモは廃れてしまった。しかしそれまでは広く栽培され、金持ちはクリームソースで煮込み、貧しい者はポタージュにして食べた。英国の植物学者ジョン・ジェラードと英国の哲学者フランシス・ベーコンはふたりともこれらを称えているが、スコットランドの作家ウォルター・スコットはどんな言葉で飾ろうとパースニップをおいしくすることはできない、褒め言葉は無意味だとけなしている。

　パースニップは一般的に白っぽい色をした長い円錐形の根菜で、育ちすぎたベージュ色のニンジンといった趣だ。一八三四年にカブのように丸い品種がアメリカに紹介されたが、結局普及することはなかった。ホロークラウンという大きくて太い品種が中世に開発され、これが現在も栽培されている。品種名の由来は根の上部のへこみ《ホロークラウン》で、へこんだところから茎と葉が出る。パースニップの根に含まれる糖分はニンジンの二倍で、そのほとんどはサトウキビと同じ蔗糖である。

　かつては、パースニップを煮詰めてシロップやマーマレードが作られた。またほんの少しイースト菌を加えて、ビールやワインにもされた。一九世紀初頭のある文献には、五・四キログラムの薄く切ったパースニップをゆでたあと漉して、砂糖のかたまりとイーストを加えて一二カ月寝かせるとワインができると書かれている。しかし生物学者のロジャー・スウェイン（パースニップ好きでもある）によると、現代のワイン造りでは原液を一〇年は寝かせるのが一般的で、ワインの専門家によると、そのあいだはどんなことがあっても酒樽から中身を出さないほうがいいらしい。

　パースニップのワインで楽しく酔っ払った人物がいる。ディラン・トマスの『ウェールズのクリスマスの想い出』で、あまり酒に強くないハンナおばさんは、ポートワインとラム酒を飲んだあと、パースニップワインへと進み、とうとう「血を流す心と死について歌いはじめ、さらには私の心は鳥の巣のようだと歌いだした」。

パースニップは甘ければ甘いほど発酵しやすいので、ワインの醸造家たちは春に収穫を行わなければならない。パースニップ、キャベツ、ジャガイモなど多くの野菜は、一〇度以下の低温にさらされると糖度が増すからだ。紀元一世紀に大プリニウスはこのことに触れ、「寒い季節を経て、カブは大きく甘くなる」「どんな種類のキャベツも霜がおりると甘くなる」と書いている。

このように低温に反応する植物は、葉も新芽も根も甘くなる。三〇日間寒い日が続くとキャベツの糖度は二倍になり、冬を越したパースニップには秋に収穫したものと比べて三倍の重さの蔗糖が含まれる。

しかしなぜ糖度が増すのか、理由はわかっていない。仮説のひとつは、増えた糖が天然の不凍液として働くというものだ。メープルシロップの原料となるサトウカエデの樹液の糖度が春先に増すことについても、同様の説が唱えられている。

ニンジンとパースニップは二年生植物で、太い根にデンプンと糖を貯蔵するのは二年目に花を咲かせて実を作るためだ。だから一年目に収穫しないで放置すると、ニンジンは六〇〜

一八〇センチの茎の先にクイーン・アンズ・レース（ノラニンジン）の花と似たレースのような複散形花序をつける。最初に「王の花」と呼ばれる一番大きな花が成熟したあと周りの花が咲いていくが、そのすべてに種子が実る。

花を見る楽しみを犠牲にした上で手に入る食用の根は、中央の維管束組織と貯蔵器官となっている厚い外皮の層からなっている。ニンジンはデンプンの量が増すと二層構造のまま肥大するので、横に切った断面はゆで卵のように二色に分かれる。これに対してビーツは維管束組織と貯蔵組織が交互に輪を作っているので、断面は年輪のようになる。ラディッシュやカブの場合は、両組織が入りまじって区別できない。

現在の栽培種のニンジンの根の長さは平均一三〜二〇センチほどで、昔のニンジンと比べて小さい。一九世紀のものは長さが約六〇センチ、一番太い部分の外周が二〇センチ以上、重さが一・八キロほどもあった。アメリア・シモンズは『アメリカ料理（*American Cookery*）』（一七九六）で、オレンジや赤と比べて黄色のニンジンのほうが優れていると主張したあと、大きさは「中くらい」がいいとしているが、それでも長さ三〇センチ、上部の直径五センチと、今の基準から考えればかなり大きかったはずだ。食べ方は子牛の肉の付け合わせにするのがいいとすすめていて、「スープに入れると濃厚な味わい」が楽しめ、「こま切れ肉の料理ともよく合う」としている。メアリー・ランドルフの『ヴァージニアの主婦による系統立った料理法（*The Virginia Housewife, or Methodical Cook*）』（一八二四）に三時間煮込まなくてはならないと書いてあることからも、当時のニンジンはかなり大きなサイズだったことがうかがえる。

ニンジンは、ヨーロッパからの最初の入植者とともにアメリカに伝わった。ジェームズタウンではタバコとともにニンジンが栽培され、のちにコネチカット植民地総督となるジョン・ウィンスロップ・ジュニアが一六三一年に持ちこんだ種子のリストにもニンジンがある。初期のアメリカで作られた種子の広告に、ニンジンは早い段階から登場している。ジョン・リトルという人物が一七三八年に出した広告では、特価のオレンジ色のニンジン及びその他の「新しい野菜の種」を宣伝している。一七四八年には「リチャード・フランシス、庭師、ボストン南端のハーレという白黒の標識のある場所在住」なる人物が、一般の栽培家向けにオレンジと黄色のニンジンを売りだしている。ジェファーソンはモンティチェロでいろいろな色のニンジンを育てていた。

このようにニンジンは植民地アメリカで広く栽培されるようになったが、その一方で畑や菜園を出てどんどん野生化した。野原や道端によく生えているクイーン・アンズ・レース（ノラニンジン）は、もとは栽培種だった。名前に入っている「クイーン・アン」とは英国王ジェームズ一世の王妃だったアン・オブ・デンマークで、裁縫が得意だった。アン王妃は宮廷生活の退屈さを紛らわすため、誰が一番見事に野生種のニンジンの花のように繊細なレースを編めるか侍女たちと競争した。そしてもちろん王妃が楽々勝利をおさめ、ニンジンの花には彼女の名前がつけられたのだという。「鳥の巣《バーズネスト》」や「悪魔の災厄《デヴィルズプレイグ》」など、ロマンティックではない別名もある。

大西洋をあいだに挟んでヨーロッパでもアメリカでも、ニンジンは一八七〇年代に黄金期を迎えた。マサチューセッツ州ダンヴァーズで開発された中くらいの長さでダークオレンジ色をした非常に収量の多い品種ダンヴァーズと、フランスのナントで開発された品種ナンテスがこの時期に登場した。W・アトリー・バーピー社の一八八八年の種苗カタログは「すばらしい」「一級品」といったさまざまな賛辞とともにアメリカ産の品種であるダンヴァーズを載せているが、そのライバルであるナンテスは掲載せず、代わりにフランス産の品種としてチャンテネー（「並より上」）とゲランド（「非常に高い品質」）を載せている。W・アトリー・バーピー社の種苗カタログにはほかにもアーリースカーレットホーンやその近似種ゴールデンボールが掲載されていたが、後者は太くて短く、ニンジンというより濃い黄色のラディッシュといった感じだった。

フランスの種苗会社ヴィルモラン＝アンドリュー社のカタログ『ベジタブル・ガーデン』

（一八八五）はより公平にダンヴァーズとナンテスの両方に触れ、さらにさまざまな形と大きさの二三の品種を挙げている。その中で印象的なのはイングランドのオルトリンガム種で、ブロンズ色あるいは紫色の根は五〇センチ以上にもなる。

現代の栽培種のほとんどは、インペレーター、ダンヴァーズ、ナンテス、チャンテネーという主要な四品種のいずれかに属している。大まかに言うと、インペレーターとダンヴァーズは長くて先がとがっている。ナンテスとチャンテネーは短くて先が丸い。しかし現代の栽培種のニンジンは、品種間の特徴の差が明確ではなくなっている。それでもナンテスとチャンテネーは生食に適し、「肩幅の広い」ダンヴァーズは薄切りにして煮込むとおいしいというのが大方の評価だろう。

現代のニンジンについて、間違いなく断言できる事実がある。どんな頭文字を持つ人にも同じ頭文字を持つニンジンが存在するということだ。パソコンで「*World Carrot Museum*（ワールド・キャロット・ミュージアム）」のウェブサイトを見てほしい。ニンジンに関連する事柄が驚くほどたくさん掲載されている中に、ニンジンの品種のリストがある。そこでは「ニュージーランド産のアカロア（*Akaroa*）」から「ジーノ（*Zino*）」（ジュースに最適）まで、アルファベット順に最低一種類以上のニンジンが挙げられている。

第6章　セロリ
（カサノヴァの女性遍歴に貢献する）

大富豪の食卓
ふらつく蜂
墓の飾り
イノシシ肉にかけるソース
ジョン・イーヴリンの未完の大作
空飛ぶ魔法使い

セロリ、Trousset encyclopediaより

「真の姿というものは、暗闇の中でしかあらわにならないものだ。まるでセロリのように」
――オルダス・ハクスリー（英国の作家）

セロリの種で香りをつけた炭酸飲料が、一八六八年に「ドクター・ブラウンのセロリトニック」としてブルックリンで初めて売りだされた。この飲料は現在はセル・レイと名を変えてカナダドライ社から売りだされているが、味は昔とほとんど変わらない。ドクター・ブラウンが実在したのかどうかはわからない。もしかしたらアメリカの食品メーカーのゼネラル・ミルズ社が架空の主婦ベティ・クロッカーの名を使ったように、大衆受けを狙ってそれらしい名前をつけただけかもしれない。ともあれドクター・ブラウンが一九世紀のセロリの大流行を先導していたのは確かで、同じ頃炭酸飲料だけでなくガムやスープもセロリで作られた。神経性の病に効くという触れこみのセロリの香りのエリキシル剤［薬品をのみやすくするための甘みのあるアルコール溶液］は、シアーズ百貨店の前身であるカタログ通信販売会社、シアーズ・ローバック社の一八九七年のカタログにも載るほど人気があった。

一九世紀後半のアメリカ版の高度成長期「金ピカ時代」に、セロリは裕福な人々の豪華な食卓でもてはやされた。召し使いが給仕しながら二時間以上も続き、各席には二四もの銀食器と六客のワイングラスが並ぶたぐいの食卓である。アスター家やヴァンダービルト家の全盛時代、セロリはおばあちゃんが夕食に出してくれるときのように、小さな平たい皿にオリーブと一緒に盛られるものではなく、ソースの入ったグレービーボートやスープの深皿、中央に置かれた飾り皿、美しい生花の上にふさふさした葉が印象的にそびえたつように、細く背の高いグラスや銀製のセロリ専用の壺に挿すものだった。かつてセロリは非常に高価で、手に入れられる者は、そうまでして見せびらかさずにはいられなかった。

セロリが庶民にはとても買えない値段だったのは、栽培に並外れて手間がかかったからだ。一九世紀には、茎を白く甘くするために成長する茎の周りに土を盛って日光を遮る、軟白という処理が一般的に行われていた。しかし一八八四年にW・アトリー・バーピー社がこれをしなくても自然に白い茎になる品種バーピーズ・ゴールデン・セルフ・ブランチング・セロリを発売したことにより、セロリの価格は大幅にさがった。するとこれまでは買えなかった層の人々にもあっという間に広まり、一九世紀末にはフランスからアメリカに来た旅行者が、アメリカ人は食事のあいだ中「ほとんどずっとセロリをちびちびかじりつづけた」と書き残すほどセロリ熱は浸透した。しかし庶民にも手の届くようになった結果、セロリは権威を失い、一九世紀が終わる頃にはその居場所を輝かしい壺から控えめな平皿に移したのだった。

いっときは階級の差の象徴であったセロリは、ニンジン、パースニップ、パセリ、キャラウェイ、コリアンダー、ディル、フェンネルと同じセリ科に属している。学名の*Apium graveolens* はラテン語で「蜂」を意味するアピスに由来していて、セリ科の芳香の強い花の上で蜂たちが酔ったようにふらふらすることから名づけられた。現代の栽培種のセロリのルーツは地中海地方及びユーラシアにあり、当時セロリは海岸沿いの湿地帯に自生していた。野生種のセロリを英語でスモーリッジと言うが、これはセロリを表す古語と「小さい」を意味するスモールが合わさったものだ。栽培種のセロリより香りが強いので、現代のスモーリッジは種がセロリシードとして料理に使われている。

セロリは古い時代には薬として珍重され、その名も薬としての効き目の早さから「素早い」という意味のラテン語ケレルから来ている（ケレルは「迅速さ《セレリティ》」や「加速《アクセルレーション》」の語源にもなっている）。古代エジプト人はセロリの茎をインポテンスの治療に用い、古代ローマ人は茎を便秘の治療に、葉の部分を身につけて二日酔いを和らげるのに用いた。金のかかった豪勢な宴会で知られるアピキウスは二日酔いに悩まされることも多かったのではないかと思われるが、「酒を飲んだ翌朝には、頭の痛みを解消するため額にセロリのリースをかぶるといい」とすすめている。また大プリニウスはセロリ（あるいはパセリ）は腰痛に効くと言い、池に投げこめば病気の魚が元気になるとも述べている。

中世には便秘薬及び利尿剤、胆石の治療薬、野生の動物に噛まれたときの苦痛緩和剤として用いられた。一八〜一九世紀には茶にすると消化不良や不眠に効き、ジャムにすると胸の痛みを和らげるとされた。一九〇七年の『アメリカ合衆国薬局方（*Dispensatory of the United States of America*）』では「セロリのエリキシル剤」は睡眠導入や鎮静効果があるとされているが、これらの効能はエリキシル剤のほかの原料であるアルコールやコカインによるとも考えられる。ポンパドゥール夫人はセロリは媚薬になるというのでルイ一五世にスープを飲ませ、驚異的な女性遍歴で有名な一八世紀のイタリアのジャコモ・カサノヴァは、性的スタミナを増すためにセロリを食べたと言われている。

最新の研究により、カサノヴァの行動は正しかったことが判明した。マーク・アンダーソン博士、ウォルターー・ゲイマン博士、ジュディス・ゲイマン博士の共著である『若さを保とう：究極の健康を手に入れる一〇のステップ（*Stay Young: Ten Proven Steps to Ultimate Health*）』（二〇一〇）ではセロリを「野菜のバイアグラ」と位置づけ、人間の汗や尿及びイノシシの唾液と同様、セロリにはステロイドの一種アンドロステロンが含まれていると説明している。人間やイノシシではアンドロステロンはフェロモンとして働き、これを放出している雄に雌は惹きつけられる。デートの前にセロリを二、三本食べると女性の反応に違いが出てくるかもしれないと、この本は述べている。

媚薬としての評判から、セロリは負のイメージと関連づけられることがあった。古代ギリシャ人は死と結びつけてセロリで墓を飾り、「彼にはもはやセロリしか必要ない」という陰鬱な言葉で差し迫った死を表現した。一七世紀の英国の詩人ロバート・ヘリックは官能的で陽気な作品『乙女よ、時を大切にせよ（*To the Virgins, to Make Much of Time*）』——「バラの蕾は早く摘め」で知られているが、セロリが登場する陰鬱な作品『恋人のペレンナへ（*To Perenna, A Mistress*）』もあり、その出だしは「愛するペレンナよ、願わくば来ておくれ／そしてセロリで私の墓を飾ってほしい」というものだった。野生種のセロリは、ツタンカーメン王の棺の上に置かれていた花輪の材料のひとつとしても使われた。

一見したところそんな気配はみじんもないが、セロリには実際に人体に害となる物質が含まれている。中でも突出しているのはソラーレンあるいはフロクマリンとして知られる化学物質で、セロリ、パースニップ、パセリにはこれがかなり多く含まれている。ソラーレンは強い光増感剤となり、皮膚の日光に対する過敏性を増す。そこでこの性質を逆手にとって紫外線照射と組みあわせ、局所的に皮膚の色素が抜けてしまう白斑や慢性的な皮膚の炎症性疾患である乾癬の治療が行われてきた（ソラーレンの語源はギリシャ語の「汚らしい《プソラレオス》」と「かゆい《プソラ》」）。しかしこの治療の欠点は、慎重にコントロールしながら行わなければならないことだ。ソラーレンは光を浴びると発癌性を持つようになるため、皮膚癌を引き起こす可能性がある。

健康なセロリに含まれるソラーレンの量は比較的少なく、人間の皮膚に害をもたらすことはない。しかし病気のセロリとなると事情は違ってくる。細菌に侵されたセロリはソラーレンを通常よりはるかに多く作り、その量は健康なセロリと比べて一〇～一〇〇倍と人間にとって危険なレベルになることもある。またパースニップはピンク色の健康なものであっても、非常に多くのソラーレンを含む。ほんの一〇〇グラム食べるだけで種々のソラーレンを四～五ミリグラム摂取することになり、これほどの量となると光の当たらない地下室で生活しない限り危険となる場合も出てくる。セロリに含まれるソラーレンは主にベルガプテンとキサントトキシンで、これらは健康なセロリに入っているレベルの量でも深刻なアレルギー反応を引き起こすことがある。大勢のセロリの栽培者が、蕁麻疹からアナフィラキシーショックまで程度は異なるもののアレルギーに苦しめられている。

同様にセロリアレルギーの原因物質と目されているアピオールはセロリの精油成分で、セロリシードにはさらに多い。アピオールを構成しているのは主にリモネンと呼ばれるテルペン化合物で、柑橘類やミント類にも含まれている（リモネンは果物のジュースが苦くなる原因物質で、ジュース業界では大いに嫌われている。産学協同で低リモネンオレンジとグレープフルーツが開発された）。アレルギー反応は運動によって悪化するので、ソファで横になってセロリの茎を食べるというの153.75は、理にかなっていると言える。またヒポクラテスの時代からアピオールは流産を誘発することでも知られ、効果はてきめんだが非常に有害性の高い堕胎薬として二〇世紀半ばまで使われていた。

アピオールはセロリやパセリの香りのもとなので、料理においては望ましい方向に働く。種子や葉の細胞間の空洞に蓄積しており、セロリの葉はスープの香り付けによく使われる。古代ローマ人はこの香りを好み、セロリシード（特に野生種は香りが強い）を香辛料として用いた。『アピキウスの料理帖』の著者は野生のイノシシ肉用のソースにセロリシードをふんだんに振り入れている。

ローマ帝国が衰退して崩壊すると、セロリも食卓から姿を消した。歴史家によると食用としてふたたび登場したのは一六世紀で、現代の栽培種と似た大型で茎の太い品種がイタリアで作られた。英国の植物学者であるウィリアム・ターナー牧師は一五三八年の著作『草本誌（*Libellus de re herbaria novus*）』で、イタリアのセロリについて「初めて見たのは、ビショップス・ゲート・ストリート近くのヴェネツィア大使邸の庭にあるスピットル・ヤードだった」と軽い語り口で述べている（現代ではスピットルには「唾」という意味しかないが、古英語では庭仕事に使う「鋤」を意味した)。英国の植物学者ジョン・パーキンソンはこの野菜があまり好きではなく、「セロリはあのいやな味とにおいのため、パセリと違って肉の付け合わせに使えない」と言っている。

しかしパーキンソンの時代には、料理の発達したフランスでは手のこんだセロリ料理が作られるようになっていた。一六五九年のあるレシピでは、レモン、ザクロ、ビーツと一緒にセロリを調理する。セロリの茎が両側から巻いて合わさった「セロリハート」と呼ばれる部分が珍重され、葉と茎は油とコショウをかけて食された。

英国の日記作家で多くの作品を残しているジョン・イーヴリンは、一六九九年にはセロリにすっかり心酔していた。著書の『アケーターリア:サラダについての本(*Acetaria: A Discourse of Sallets*)』で彼は、皮をむいて薄切りにし、「油と酢、塩、コショウ」とともに食べるセロリは「贅沢で心地よい味」だと褒め称えた(ただし茎に小さな赤い虫がひそんでいることがあると警告している)。イーヴリンは「野菜食」すなわち菜食主義を提唱していた。『アケーターリア:サラダについての本』は、三巻構成でトータル一〇〇〇ページ以上に及ぶ意欲的な大作『王の庭(*Elysium Britannicum, or The Royal Garden*)』のほんの一章となるはずだった部分を、独立した本にまとめたものだ。『王の庭』は一七世紀の園芸について理論

雪のように白いセロリ

セロリの軟白は、ルイ一四世時代のフランスで始まった。ヴェルサイユ宮殿の太陽王の菜園で、ジャン・ドゥ・ラ・クインティニが指揮して作った雪のように白い軟白セロリは、日の光を存分に浴びた緑の濃いものと違いやわらかくて甘く、またたく間に主流となった。ルバーブやエンダイブにも共通する初期の軟白のテクニックは「盛り土」で、成長する茎の周りを土で覆ったが、やがて大きな釣り鐘形の陶器に取り外し可能な蓋のついた軟白器が使われるようになった。

と実践の詳細を網羅し、土壌と堆肥、灌水設備、苗床、ローンボウリング用の芝生、オレンジ用温室と鳥小屋、庭に配置する彫像、墓地の修理プランについて各章に分けて論じたあと、園芸書のリストも示す予定だった。

しかし五〇年間を費やした末、結局この本は刊行されず、遺稿はオックスフォード大学のクライスト・チャーチ図書館に渡った。しかしそれは膨大な量の文章だけでなく、山のようなバラバラのメモ、貼りつけられた補遺、測温計や気象計を入れて庭に置く「透明な蜜蜂の巣箱」及び人口エコーの工作方法、なかなかよく描けているタランチュラの絵など自筆の挿し絵といったものが雑多に合わさったものだった。二〇〇〇年になってようやく、イーヴリ

5130
ニンジンでトロイア戦争に勝つ方法

愛読者カード　レベッカ・ラップ 著

＊より良い出版の参考のために、以下のアンケートにご協力をお願いします。＊但し
今後あなたの個人情報（住所・氏名・電話・メールなど）を使って、原書房のご案内
どを送って欲しくないという方は、右の□に×印を付けてください。

フリガナ
お名前　男・女（　　歳

ご住所　〒　　－

市　　町
郡　　村
TEL　（　　）
e-mail　@

ご職業　1 会社員　2 自営業　3 公務員　4 教育関係
5 学生　6 主婦　7 その他（　　）

お買い求めのポイント
1 テーマに興味があった　2 内容がおもしろそうだった
3 タイトル　4 表紙デザイン　5 著者　6 帯の文句
7 広告を見て（新聞名・雑誌名　　）
8 書評を読んで（新聞名・雑誌名　　）
9 その他（　　）

お好きな本のジャンル
1 ミステリー・エンターテインメント
2 その他の小説・エッセイ　3 ノンフィクション
4 人文・歴史　その他（5 天声人語　6 軍事　7　　）

ご購読新聞雑誌

本書への感想、また読んでみたい作家、テーマなどございましたらお聞かせくださ

郵便はがき

160-8791

344

料金受取人払郵便

新宿局承認

2696

差出有効期限
平成28年9月
30日まで

切手をはらずにお出し下さい

東京都新宿区
新宿一－二五－一三
（受取人）

原書房

読者係 行

1608791344 7

書注文書 (当社刊行物のご注文にご利用下さい)

書名	本体価格	申込数
		部
		部
		部

名前　　注文日　年　月　日

連絡先電話番号　□自宅　（　　）
ずご記入ください）　□勤務先　（　　）

指定書店（地区　　）（お買つけの書店名をご記入下さい）　帳合

店名　　書店（　　店）

ンの最高傑作である『王の庭』の三分の一ほどが出版された。最初は二分冊目の第二〇章「サラダについて」となるはずだった『アケーターリア』の出版からおよそ三〇〇年を経て、コロニアル・ウィリアムズバーグ財団のジョン・イングラムが苦労して判読し、出版できる状態にまとめあげたのである。

歯触りのいい茎を食べる現代の栽培種のセロリ（学名 *Apium graveolens var. dulce*）は、まさにイーヴリンがセロリサラダにすると美味だとすすめたのと同じ野菜だ。植物学的に言うと私たちが食べているのは茎ではなくじつは葉柄で、これは一般的には木の枝と葉をつなぐ部分である。またノブセロリ、根セロリなどと呼ばれるセロリアック（学名 *Apium graveolens var. rapaceum*）は、デンプンを蓄えて肥大した根茎を持つ。学名の *rapaceum* は普通のセロリと違って、大きな根を抜くのに力を入れて引っぱる《リッピング》必要があることから来ている。

セロリアックはかつてドイツとフランスで多く栽培され、ゆでて食べることが多かった。一八世紀のイングランドの造園家かつ作家のスティーヴン・スウィッツァーは、エジプトのアレクサンドリアで「面白い種」を入手したという輸入業者からセロリアックの種子を買った。彼はこれを育て一七二九年に『イタリアンブロッコリー、スパニッシュカルドン、セロリアック、フィノッキオなど外国野菜の簡単な栽培方法（*A compendious method for the raising of Italian broccoli, Spanish cardoon, celeriac, finochi and other foreign vegetables*）』という論文にまとめたが、こうした論文の存在自体から、セロリアックは当時まだ珍しいものだったことがうかがえる。

ヨーロッパからの移住者たちは何度もアメリカにセロリを持ちこんだが、北も南も気候が合わないようでなかなか栽培には成功しなかった。マサチューセッツ湾では冬のあいだに根が腐ってしまったという記録が残っており、第三代アメリカ大統領トマス・ジェファーソンもモンティチェロで栽培したときに同様の結果に終わったと書いている。しかし結局は誰かが成功したとみえ、一八〇六年にはフィラデルフィアの才能ある園芸家かつ種苗業者バーナード・マクマホンがアメリカで栽培されているセロリの品種を四つ挙げているが、それでもインゲンマメ、エンドウマメ、タマネギほどには普及しなかった。ちなみに一九世紀初頭にジェファーソンは、ルイス・クラーク探検隊がアメリカ横断探検から持ち帰った植物標本をマクマホンに託している。

ようやくセロリが商品として市場に出まわるようになったのは、一九世紀の半ばだった。一八五六年にジョージ・テイラーというスコットランド人実業家が、スコットランドからミシガン州カラマズー（現在は「セロリの町」として知られている）に輸入したのだ（この説を否定して、一八七〇年代に栽培の才のあるオランダ人の移民が種子を持ちこんだとする人もいる)。

W・アトリー・バーピー社の一八八八年の種苗カタログには、インコンパラブルクリムゾンやホワイトウォールナッツ(芳醇なナッツのような香りがする)など一〇種のセロリに加えてセロリアックも掲載されており、これには「カブの根を持つセロリ」という別名があるが実際はリンゴのような形だと、ミスター・バーピーはわざわざ括弧書きでつけ加えている。一九三〇年代まで、売られているセロリは軟白した白いものだったが、現在アメリカのスーパーマーケットで一番多いのはパスカルという緑色の品種である。

あらゆる知識を与えてくれる『レディーズ・ホーム・ジャーナル』誌が一八九一年に「セロリは筋をとって洗い、シャキッとさせるために食べる前に少なくとも一時間冷たい水に浸けます。細長くて平たい皿にのせて肉や他の野菜とともに食卓に出し、デザートの前に片づけましょう」とすすめているように、セロリは今でもその食感のよさから生で食することが多い。

生で食べるとパリパリして歯触りがいいという以外、セロリには特筆すべき点はない。九五パーセントが水分で、平均的な大きさの茎一本で一〇キロカロリーと栄養的に貧弱なことから「マイナスカロリー」だと言われる。要するに、嚙んで消化するのに要するカロリーのほうが、食べて摂取できるカロリーより多いというわけだが、残念なことにこれは間違っている。冷たいビールはマイナスカロリーだというニューヨークのレオナルド・J・ケリーが唱えた説と一緒だ。ビールを飲んで冷えた体があたたまるために費やすエネルギーがビール自体のカロリーをうわまわるというのだが、やはりこれも正しくない。

セロリの栽培には細心の注意が必要だが、温度や土質の管理に気をつければ努力に見合うだけの収穫が得られる。〇・四ヘクタールの畑に蒔くには三〇グラムの種で事足りるので、種が余ってしかたがないという人もいるだろう。そんな場合にはすばらしい使い道がある。中世の魔法使いたちは、靴の中にセロリの種を入れて空を飛んだのだそうだ。

第7章 トウモロコシ

吸血鬼を作る

コソ泥ピルグリム
奇妙な赤ん坊用のガラガラ
ジョージ・ワシントンのウイスキー
リンド少佐の不名誉な敗北
バッタ入りマッシュ
テーブルマナーの最終試験

「庭を見ればどれだけ本気でその土地に根をおろそうとしているかわかる、と学者は言う。それならば、トウモロコシを植えている人はかなり本気だということだ」

——アン・レイヴァー（ガーデンライター）

『オズの魔法使い』のドロシーやトト、第三四代アメリカ大統領ドワイト・デイヴィッド・アイゼンハワーの故郷であるカンザスは、古くからトウモロコシの産地として名高いが、最も多く栽培されている作物はコムギである。次はソルガムで、三番目がトウモロコシ。かろうじてダイズよりは上だ。圧倒的にトウモロコシだけが栽培されているというわけではないものの、カンザスがアメリカにおけるコーンベルトの一部であることに変わりはない。コーンベルトはトウモロコシが多く栽培されている農業地帯を指し、植民地時代から少しずつ西へ移動してきた。もともとは大西洋に面した東海岸沿いのマサチューセッツ州からジョージア州にかけての平原地帯だったのが、やがてその平原地帯とアパラチア山脈に囲まれたピードモント台地に移り、やがてアパラチア山脈も越えてケンタッキー州からテネシー州にかけて広がる地帯になった。その結果テネシー州がアメリカのトウモロコシ生産のほとんどを担うようになったが、一九世紀になるとコーンベルトはふたたび移動して、オハイオ州からサウスダコタ州、カンザス州にまたがって二〇〇〇万ヘクタールにわたって広がる今日の一帯となった。現在アメリカで最もトウモロコシの生産量が多いのはアイオワ州である。

アメリカ全体で三億トンを優に超える年間生産量のほとんどはコーンベルトからのものだが、これはある酔狂な都会人の計算によると、マンハッタン島を五メートルの高さまでトウモロコシの粒で埋めつくせる量だという（この光景を思い浮かべると、一九八五年公開の映画『刑事ジョン・ブック　目撃者』で、悪徳警官がサイロの中で大量のトウモロコシによって生き埋めになる場面を連想して、ぞっとする人もいるかもしれない）。大ざっぱに言ってアメリカ産トウモロコシの五〇パーセントは飼料として使われ、一五パーセントは輸出され、二五パーセントはエタノールの原料となる。

残る一〇パーセントのうち、そのままの状態で人間の食用となるのは一パーセント以下で、残りはコーンシロップ、コーンスターチ、コーン油、コーンミールといった加工品になる。かつてコーンミールは内臓の損傷を防ぐということで、うっかり魚の骨をのみこんでしまったらすぐにこれを大量に食べるといいと推奨されていた。コーンウイスキーにはさらに広い薬効があるとされ、風邪、咳、肺病、歯痛、リューマチ、関節炎の治療に使われた。当時の社会には、これらの病がかなり蔓延していたようだ。一七九〇～一八四〇年のアメリカのウイスキー消費量は、年間ひとり一九リットルにものぼっている。

現代では、トウモロコシは多岐にわたる製品の原材料となっている。段ボール、豆炭、クレヨン、花火、壁紙、アスピリン、チューインガム、パンケーキミックス、靴クリーム、ケチャップ、マシュマロ、インスタントティー、マヨネーズ、包帯、猫のトイレ、ゴルフのティー、石鹼など数えあげればきりがない。穂軸はハムをスモークするときの燃料に最適であるし、コーンパイプにもなる。パイプは一八六九年にミズーリ州で商業生産が始まった。ほかにもボトルストッパーや、道具の持ち手、髪に巻くカーラー、釣り用の浮き、横に切ってチェスの駒にも使われた。一九世紀のミズーリ州の主婦たちは、軸を煮出してゼリーまで作った。

植民地時代のアメリカでは、マットレスにトウモロコシの皮を詰めた。第一六代アメリカ大統領エイブラハム・リンカーンは、ケンタッキー州ホーゲンヴィル南部の床にクマの毛皮が敷かれた丸太小屋の、トウモロコシの皮のマットレスの上で生まれた。トウモロコシの皮は馬の首輪を作るのにも使われ、普及はしなかったがトウモロコシの皮で紙を作る方法も一八〇二年に特許登録されている。

残る茎は、豚の餌になるほかビールの醸造にも使われる。このように利用価値の高かったトウモロコシは、一七世紀のマサチューセッツ湾植民地では現金やビーバーの毛皮というような指定のある取り引きを除いて、法定通貨として通用した。

一四九三年の大西洋を横断する二回目の航海中に西インド諸島で広大なトウモロコシ畑を目にしたコロンブスが、オウムなどとともにおそらくこの作物も本国に持ち帰ったのだろう。その後大航海時代の流れにのって、トウモロコシはアフリカ、インド、チベット、中国へと伝わった。ちなみにこのときすでに中国ではトウモロコシが栽培されていて、利に聡い皇帝は課税も行っていた。

コロンブスはトウモロコシの種子を持ち帰ったときに、これを指すマヒーズという現地語も伝え、それが正式な一般名称であるメイズとなった。トウモロコシの栽培の歴史について当初さまざまな誤解が生じたのは、ヨーロッパでは「コーン」という単語が粒状のもの全般を意味するからだ。たとえば「ペッパーコーン」はコショウの実を指し、「コーンビーフ」の「コーン」は粒塩を表している。またイングランドではコムギ、スコットランドではオーツムギなど、国によって異なる主要穀物を指していたということもある。聖書にはルツが畑で落ち穂を拾う話があるが、ここで栽培されていた「異国のコーン」はおそらくメソポタミアのオオムギだ。このように曖昧に汎用される「コーン」という語は、すぐにトウモロコシのことも意味するようになった。

一五四二年に出版されたドイツの植物学者レオンハルト・フックスの著書には初めてトウモロコシの絵が描かれ、彼はこれをアジアから伝来したものだとして「トルコのコーン」と呼んだ。しかしトルコ人は「エジプトのコーン」と呼び、エジプト人は「シリアのコーン」と呼び、ドイツ人はあきらめをにじませて単に「奇妙な穀物」と呼んだ。「現代分類学の父」と言われる植物学者のカール・リンネは、一七三七年に学名を Zea mays とした。mays はメイズから来ているが、Zea はギリシャ語で「私は生きる」という意味で、ほかにも多くの植物の学名に使われている。

トウモロコシはコムギやコメとともに世界三大穀物のひとつで、世界中の食物エネルギーの五分の一をまかなっている。つまり人間はこの作物に大いに頼っているわけだが、じつはトウモロコシの人間に対する依存度のほうがずっと大きい。もし私たちが地球上から消えたら、トウモロコシも一緒に滅びる運命にある。現代のトウモロコシはたちの悪い貞操帯のような皮で太った穂がしっかりと包みこまれているので、種子を拡散させることができない。穂が地面に落ちると皮の内側で密集した状態のまま種子が発芽するので、水、養分、日光の奪い合いとなって結局死に絶える。人間の助けがなければ、トウモロコシの穂は不発弾のようなものなのだ。植物学者たちはトウモロコシを「生物学的怪物」と呼ぶ。

メイフラワー号に乗ってアメリカにやってきた清教徒の一団のピルグリムファーザーズがまずしたのは、先住民の貯蔵していた種トウモロコシを奪うことだった。公平な言い方をするならば、これは悪意からではなく、飢えに迫られての行為だった。一六二〇年一一月一一日に船がケープコッドに錨をおろしたとき、移民たちにはニューイングランドの冬の厳しさに対する予備知識がなく、翌年の春までに半数が死亡した。到着したのが一一月初めですでに相当寒く、上着に吹きつける水しぶきが凍りついて氷の衣のようになるくらいだった。そして食料の備蓄は底を突きかけた。

そんなときに「神の導きにより」、騒々しいマイルス・スタンディッシュ船長率いる探検隊が土に埋めて貯蔵されていた種トウモロコシを発見し、持ち主にはあとで弁償すればいいと良心をなだめながら、即座に自分たちのものにしてしまった。しかしもちろん弁償などされず、のちのちワンパノアグ族との関係が悪くなる一因となった。それに実際のところ代わりに何を渡しても、埋め合わせになるはずもなかった。種トウモロコシはかけがえのないものだ。翌年植えるためにとっておく種蒔き用のトウモロコシは、部族が翌年一年食いつなげるか飢え死にするかを分ける。今も昔も「種トウモロコシを食べてしまう」という表現は、追いつめられた末の絶望的な行為を指す。

私たちにとっていかにトウモロコシが重要かは、ともにしてきた年月の長さを見ればわかる。最新の遺伝子分析により、メキシコ、グアテマラ、ホンジュラスに自生していた一年草のブタモロコシから南メキシコで最初の栽培種が作られたのは、九〇〇〇年近く前だと科学者は考えている。

野生種の栽培化は人間にとって大きな一歩だったとはいえ、大粒な実がびっしりついた現代種と比べると当時のトウモロコシは貧弱なものだった。一九四八年にハーヴァード大学の人類学者ハーバート・W・ディックがニューメキシコのバット洞窟で、一八〇センチほどの先史時代のごみの堆積の下から二・五～五センチの古代のトウモロコシの穂を掘りだした。これは放射性炭素分析で三五〇〇年前のものと判明し当時最古だったが、一九六〇年代にメキシコのテワカン渓谷でボストン大学の考古学者リチャード・マクニーシュが、さらに小さな消しゴムサイズの五〇〇〇年前の原始的なトウモロコシを発見した。

その後、最古のトウモロコシはさらに四〇〇〇年さかのぼった。現在記録を保持しているのは八七〇〇年前のトウモロコシのデンプン粒で、メキシコの中央バルサス川渓谷にある洞窟の岩の隙間や先史時代の臼のような道具に付着していた。

このような本物の発見の陰には、誤った発見もあった。二〇世紀初め、ペルーのクスコにある骨董品店に奇妙に新しく見えるトウモロコシの化石が現れた。何千年も前のトウモロコシだというのでうやうやしく *Zea antiqua* と名づけられたその化石は、スミソニアン協会に寄贈された。しかし一九三〇年代になってこの古代の化石なるものを慎重に切ってみたところ、陶磁器用粘土でできていることがわかり、考古学者は赤ん坊のガラガラだったのではないかと推定した。

現代のトウモロコシは一年生の植物で、六〇〇の属と一〇〇〇〇の種からなるイネ科に属している。コムギ、オオムギ、オーツムギ、コメ、サトウキビ、タケなども同じイネ科だ。しかしトウモロコシはその中でも異色の存在で、フランドルの植物学者レンベルト・ドドエンスは一五七八年に著書で端的に、「非常に奇妙な植物で、ほかのどんな穀物とも似ていない」と表現している。「非常に奇妙」だというのはさまざまな意見を持つトウモロコシの研究者たちが唯一一致している点で、野生種の植物にトウモロコシと似たものはまったくなく、起源も未解明のままだ。

トウモロコシはいつの時代も謎めいた存在で、多くの神話に取り巻かれている。ナヴァホ族は、魔力を持つ雌の七面鳥が明けの明星に向かう途中で青いトウモロコシの穂を落としたのが起源だと主張する。ロードアイランドの先住民は、霊力を持つカラスの落としたものが最初のトウモロコシだと言う。セミノール族は「ファスタキー」という小さなトウモロコシの神がもたらしたのだと考え、メキシコのトルテック族はトウモロコシは羽の生えたヘビ、ケツァルコアトルからの贈り物だとしている。アメリカ南西部の一部の先住民は、笛を吹く豊穣の神ココペリが村から村へとまわって、人間にトウモロコシを分け与えたのだと信じている。

先史時代の農夫たちが大きくてたくさん実のついている穂の株を選びつづけた結果、コロンブスがサンサルヴァドルに到達した頃には二〇〇〜三〇〇の品種が存在し、実の形状と粒質によって分類した現代の主要系統、すなわちポップ種（爆裂種）、フリント種（硬粒種）、フラワー種（軟粒種）、デント種（馬歯種）、スイート種（甘味種）はすでに出揃っていた。ポップ種とフリント種は非常に硬質のデンプン、スイート種は非常にやわらかく粘りのある糖といった具合に、五つの分類種では種実内の栄養貯蔵器官である胚乳の内容に違いがある。一般的にトウモロコシの実は七〇パーセントがデンプンでできており、小さなデンプン粒が中心を取り巻くように少しずつ蓄積していく。

ポップ種では、これらのデンプン粒は堅いタンパク質の基質に取り囲まれている。実がはじけてポップコーンになるのは、熱せられると内部の水分が気化して急激に体積が増大し、このタンパク質の基質と種実の外皮に圧力がかかるからだ。圧力が限界に達すると基質が崩れ、種皮が一気に破れて、実がはじける。文字どおり内と外がひっくり返る《イヴァーティング》。この驚くべき過程から、ポップ種の学名は *Zea mays ssp. everta* となっている。実がきちんとはじけるかどうかは水分の含有量により、最適なのは一三〜一四・五パーセント。はじけると、ポップコーンはもとの三〇倍以上の大きさになる。

アメリカ人は年間にポップコーンを一六〇億リットルも食べているが、人々の口に入る食感のよい白い部分はデンプンが加熱されたものである。植民地時代のニューイングランドでは、朝食にミルクとメープルシュガーをかけたポップコーンを食べていた。ドイツ語圏からの移民であるペンシルヴェニア・ダッチは、アメリカにクリスマスクッキーとアップルシュトゥルーデルを持ちこんだが、特に精をつけたいときにはチキンコーンスープの浮き実にポップコーンを使った。

一九世紀半ばにはポップコーンが食事として食べられることはなくなったが、通りの屋台で売られるスナックとして生き延びた。糖蜜やキャラメルや蜂蜜で固めたポップコーンボールが一八七〇年代に甘い菓子として作られるようになり、今も昔懐かしい定番菓子として残っているビネガーキャンディやソルトウォータータフィーなどとともに人気を博した。一八七六年のフィラデルフィア万国博覧会では、ふたつの建物が丸々ポップコーンの販売に充てられた。色付きの大理石に銀の金具を施したソーダファウンテン［炭酸飲料のディスペンサー］では、北極ソーダ水が提供された。

ポップ種はフリント種から作られた品種で、非常に固く高タンパク質高デンプンの大粒で、ヨーロッパから入植者たちが来る何世紀も前から、合衆国北東部やカナダで主流品種として栽培されていた。現在、私たちが秋になると玄関ドアに飾るトウモロコシは、一般的に色付きのフリント種だ。アメリカ大陸の先住民たちは色による選別を続け、ヨーロッパ人がやってくる頃には赤、青、黒、黄、白、及び多色の入りまじった種を生みだしていた。その色に惹かれた入植者たちはさらに品種改良を進め、紫、えび茶、琥珀、チョコレートブラウン、レモンイエロー、赤銅、オレンジといった色をさらに増やした。

トウモロコシの色はフィンガーペイントと一緒で、組み合わせで決まる。種子は芽、茎、根になる胚と、発芽の栄養となるデンプンを蓄える胚乳からなる。胚乳の周りを細胞一〜二個分の厚さのアリューロン（糊粉）層が囲み、一番外側は種子を保護する種皮となっている。種皮は主にセルロースからできていて、何も考えずにトウモロコシにかじりつくと歯のあいだに挟まるのはこれだ。種子の三つの部分の色はそれぞれ異なり、私たちの目に映る色はこれらが合わさって生まれるものだ。

現在食用とされるトウモロコシのほとんどは黄色か白だが、これらやオレンジの品種では、キサントフィル色素やカロテン色素が胚乳に存在することでそうした色になっている。もっと強い色合いの実の場合は、種皮やアリューロン層に色素が存在している。黒に近い古代種カーリはペルーの先住民が染料にしたり色のついたビールを造ったりするのに用いてきたが、種皮がダークレッド、アリューロン層が紫あるいは茶色、胚乳が白という組み合わせになっている。

アリューロン層が青いブルーコーンは、アメリカ南西部の先住民たちに珍重された。スペインの探検家フランシスコ・コロナドは、一五四〇年からアメリカ南西部で七つの黄金都市を探しまわって完全なる失敗に終わったが、このときに先住民たちが集落《プエブロ》でブルーコーンを育てているのを目撃した。現在でもこのトウモロコシは、チップスや青いトルティーヤを作るのに使われている。ブルーコーンはフラワー種で、フリント種の第二染色体の遺伝子が突然変異したものだ。この変異のおかげで胚乳がやわらかくなり、粉に挽きやすくなった。

現在コーンベルトで最も多く栽培されているデント種は、フリント種とフラワー種の中間の性質を持ち、ひとつの種子内に硬質デンプンと軟質デンプンの両方が存在している。硬質デンプンと軟質デンプンの違いはデンプン分子の組成で、硬質の場合はアミロースという直線的に連なった糖分子からなり、軟質の場合はアミロペクチンという枝分かれの多い構造になっている。デント種ではアミロペクチンが成熟した穀粒の先端から中央部にかけて集まっており、穀粒が乾燥するとこの軟質デンプン部が縮んで特徴的なへこみができる。このようなへこみを英語でデントと言い、この品種名の由来となっている。

一般的な野菜と違って、トウモロコシは成長するにしたがって徐々に甘みが増すことはない。未成熟の実では最初から含まれている糖がまだデンプンに転換されていないので、かえって甘い。やがて熟してくると、他の野菜とは逆に甘さが失われていく。突然変異種であるスイートコーンは糖からデンプンへの転換プロセスが強制的に阻害されたもので、成長してもいつまでも未成熟なときと同じように甘い。人々はもちろんこの甘さを好む。

スイート種は先史時代のメキシコとペルーで栽培され、北アメリカの先住民の多くもこれを作っていた。しかしヨーロッパからの入植者たちの手に渡ったのは、一七七九年になってからだった。ジョン・サリヴァン将軍がイロコイ族の町を焼きつくしたときの遠征に参加していたリチャード・バグナル将校が、ニューヨーク州西部を流れるサスケハナ川のほとりにあるトウモロコシ畑で盗んだのだ。その後はあっという間に普及した。一八一〇年に第三代大統領トマス・ジェファーソンは、モンティチェロで「しわの寄った」トウモロコシ、すなわちスイート種を育てていると記している。

デンプンより糖の含有量が多いため、スイート種の実は半透明でしわが寄っているが、その様子は糖度の高いマメとまったく同じである。「スイート」なのは最低三つの突然変異のためで、糖からデンプンへの転換を阻害するこれらの突然変異が転換プロセスの早い段階で発生しているほど甘い品種となっている。スイート種より甘いスーパースイート種の

*shrunken 2*と名づけられた突然変異は、一九五〇年にイリノイ大学のJ・R・ラフマンが特定した。

一九六〇年代に、さらに甘い品種が作りだされた。やはりイリノイ大学で研究を行っているA・M・ローズが三系交雑で作りだして*sugary enhanced*（*se*）（糖強化種）と名づけたトウモロコシは、チョコレートのように甘かった。流通している糖強化種にはエヴァーラスティングヘリテージシリーズのキャンディコーンや、粒が二色になっているバーガンディーディライトがある。アメリカのラジオ番組の人気ホストであるギャリソン・キーラーが「セックスはすばらしいが、とれたてのスイートコーンほどじゃない」と言ったときは、これらのトウモロコシを思い浮かべていたのかもしれない。

*se*の突然変異は収穫前のトウモロコシを非常に甘くするだけでなく、収穫後も通常よりかなり長いあいだ実を甘く保つ。普通、トウモロコシの糖は収穫した瞬間から分解しはじめる。畑に向かうときはいくら時間をかけてもいいが、家に戻るときは尻に火がついたように走れと言うくらいだ。マーク・トウェインはもっと厳しく、沸騰した湯の入った鍋を持って畑に行くべきだとすすめている。しかし、そこまで大げさにする必要はない。糖の分解が始まるのは収穫後二〇分ほどたってからだと、トウモロコシの専門家たちは言っている。

トウモロコシの糖分は酵母のいい餌となるため、昔からトウモロコシはビールやワイン、のちにはウイスキーなど酒造りに利用されてきた。糖よりもデンプンの勝っている品種では、まずデンプン分子が分解して糖にならなくては酵母が活動できない。この問題を古代のペルー人は、トウモロコシを噛み砕き、唾液に含まれるアミラーゼという消化酵素の働きでデンプンを糖に変えることで解決した。このように処理したトウモロコシを発酵させた酒を、チチャという。チチャは豊作祈願にも使われ、トウモロコシを植える前に畑に撒いたあと、インカ帝国の皇帝自らが金のつるはしを握って最初の種を植えた。

一八世紀にスコッチアイリッシュウイスキーの醸造所がペンシルヴェニア州に建てられ、トウモロコシを原料とするアルコール度数の高い酒がアメリカでも造られるようになった。しかしアメリカで最初にトウモロコシウイスキーを造ったのは牧師かつ医師でもあったヴァージニアのジョージ・ソープで、一六二〇年のことだった。彼は故郷に住むいとこに、「トウモロコシからおいしい酒を造る方法を発見した。これまでイングランドの強いビールは決して飲まなかったが、この酒は飲むことにした」と書き送っている。しかし一六二二年にポウハタン族に殺され、試みは頓挫した。彼の財産目録には「銅製の蒸留器」があるが、それにはタバコ一・四キロ分の価値があった。

一八世紀になるとトウモロコシを使った蒸留酒の製造所が農場などに一般的に造られるよ

うになったので、アメリカ建国の父のひとりアレクサンダー・ハミルトンは独立戦争後の財政難を補うため蒸留酒の製造に課税することにした。しかし余った穀物から酒を造って売ったり、物々交換に使ったりしていた農民の反感は激しく、とうとう一七九四年にペンシルヴェニア州でウイスキー税反乱が起こった。一帯は混乱状態に陥り、哀れな収税官は家を燃やされたり、タールを塗りたくられたり、羽根を浴びせられたりした。事態はピッツバーグの占拠にまで至ったが、ジョージ・ワシントン大統領は一万五〇〇〇人の民兵で連邦軍を組織してこれを鎮圧した。しかし気持ちのおさまらない反乱者たちは蒸留器を持ってケンタッキー州に移住し、そこでバーボンを造るようになった。

ほどなくして、ワシントン自身がウイスキー製造業に乗りだした。一七九七年、彼はスコットランドとアイルランドの血を引くウイスキーに精通した農場管理人ジェームズ・アンダーソンの助けを得て、マウントヴァーノンに醸造所を建てた。蒸留器五つとボイラーを備え、翌年にはライムギとトウモロコシから年間四万リットル以上ものウイスキーを製造しはじめた。個人的にはワインのほうがずっと好きだったトマス・ジェファーソンも、一八一三年にモンティチェロでトウモロコシを使ったウイスキー造りを始めている。

アメリカ陸軍将校のジョン・C・フレモントは一八四〇年代に西部を探検する際、測量器の凍結防止に必要だと称してウイスキーを携行している。またカリフォルニアの山岳地帯に住む男たちにとって、ウイスキーは「生活必需品」のひとつだった。一八六〇年の『ハッチングズ・カリフォルニア・マガジン』によると、山を八日間歩く旅に必要なものはジャガイモ四キロ、タマネギ四キロ、クラッカー五キロ、チーズ三キロ、ペッパーソース二本、ウイスキー一四本（加えて小さな樽ひとつ）だった。

南北戦争中、南部ではウイスキーが造れなくなった。北軍にテネシー州の銅山を奪われたため、湯沸かし器や濃縮のための管を製造するのに必要な金属が手に入らなくなったのだ。しかし、これが南部にとって有利に働いたこともあった。たとえば当時、トウモロコシウイスキーに関連したこんなエピソードがある。一八六二年に兵を率いてニューメキシコ州スタントン砦に向かった北軍のアイザック・リンド少佐が、報告署に記したものだ。彼の部下たちは薬局からくすねたウイスキーを水筒に詰めて飲んだあげく、まっすぐに立って戦うことも敗走することもできる状態ではなくなり、警戒中だったテキサス人にあっという間に捕らえられてしまったという。面目を失ったリンド少佐はきっと、エドワード・エンフィールドと同じ意見を持ったに違いない。エンフィールドは一八六六年に『トウモロコシに関する考察（*Treatise on Indian Corn*）』でウイスキーを非難し、「神からのすばらしい贈り物はしばしば人間に悪用されて有害なものと化すが、トウモロコシもこうした道をたどっている」と述べている。

「アルコール飲料」に加工する以外に、トウモロコシはサコタッシュ〔トウモロコシ、ライマメ、トマトのシチュー〕、フリッター、トウモロコシパン、トウモロコシケーキ、ひき割りトウモロコシ、ヘイスティープディング〔コーンミールマッシュ〕などにして食べられた。マッシュは広く作られ、植民地時代の詩人ジョエル・バーローは「朝はこのにおいで目覚め、夜の食卓にものぼる／甘いヘイスティープディングよ／さあ、もうひと皿／それは舌の上を滑り、魂を生き生きと目覚めさせる」と詩に書いた。先住民たちはドライブルーベリー入りやバッタ入りなど、部族特有のマッシュを持っていた。アメリカの政治家、科学者のベンジャミン・フランクリンは、蜂蜜やナツメグを加えたものを朝食にするのを好み、フランス人は独立戦争中、自分たちの外交姿勢を示すためにコニャックで風味をつけたものを食べた。

しかし、トウモロコシが嫌いな者たちもいた。一七八一年に大陸軍とともにヴァージニア州を行軍したジョサイア・アトキンスは、食糧不足から「この地域の人々がトウモロコシパンと呼ぶもの」を食べることを余儀なくされ、それは「耐えがたい苦難」だったと家に書き送っているし、英国からやってきてアメリカに滞在したフランセス・トロロープは『内側から見たアメリカ人の習俗』（一八三二）で、「アメリカ人は数えきれないほどさまざまな方法でトウモロコシを食べるが、私に言わせればどれもまずい」と一蹴している。

けれども昔からトウモロコシは、穂についたままのものをかじって食べるというのが最も一般的だった。トウモロコシを研究する科学者ウォルトン・ガリナットはこの行為を「自らの両手を使って食べたいという人間の本能」だと言う。しかし礼儀作法にうるさい現代人は、そうではないと口々に主張してきた。「トウモロコシの欠点は、かぶりつかなければならないという食べ方にある」と英国の先駆的なジャーナリスト、ハリエット・マルティノーは一八三五年に言っている。

『正しい礼儀作法と社交界の慣習――よくない習慣を例にとって（*Hints on Etiquette and the Usages of Society with a Glance at Bad Habits*）』（一八四四）の著者であるエチケットにうるさいチャールズ・デイは、「トウモロコシにそのままかじりつくのは品がない。皿の上で実をナイフでこそげ落とし、フォークで食べるのがよい。特にご婦人方は食べ方に気を配らないと、ロマンスのチャンスを逃がすことになりかねない」と述べている。エチケットの権威のエミリー・ポストは、アスパラガスやアーティチョーク、バターを塗ったパン、カメの骨と並んで、穂軸がついたままのトウモロコシを、「テーブルマナーの最終試験」と位置づけた。エミリーはあきらめをにじませつつこう記している。「穂軸がついたトウモロコシは、フォーマルな食卓からは排除したほうが望ましいでしょう……。けれども家やレストランでどうしても食べたいというなら、なるべく静かにそっと食べなさいとしか言えません。どのようにしても上品に食べることは無理ですし、欲望のままにむしゃぶりつく姿はそれは恐ろしいものですから」

さまざまなトウモロコシ料理がいかにおいしくても、じつはこの野菜には栄養的な欠点がある。すべてのタンパク質を摂取できる穀物は存在せず、トウモロコシも例外ではないのだ。必須アミノ酸のリシンとトリプトファンが少なく、またトウモロコシに含まれるナイアシン(ビタミンB_3)は結合型で、そのままの形では消化吸収されにくい。そこでトウモロコシを主食としていると、ナイアシン欠乏症であるペラグラを発症することがある。ちなみにナイアシンの正式名称はニコチン酸だが、ニコチンが喫煙を連想させるのでナイアシンという語が新たに作られた。

トウモロコシの伝播はペラグラの伝播を意味した。スペインでは一七三五年に医師のガスパル・カサールが「アストゥリアス地方のハンセン病」として初めて報告している。患者は「バタフライピープル」とも呼ばれたが、これはチョウの形の発疹がまず鼻や顔に出現し、そのあと痛みを伴うかさぶたが全身に広がったためだ(「ペラグラ」はイタリア語で、「ガサガサの皮膚」という意味)。一九九七年にジェフリーとウィリアム・ハンプルは『英国王立医学会誌(*Journal of the Royal Society of Medicine*)』に投稿した論文で、日光過敏、舌の浮腫、認知症状、長期間にわたって少しずつ衰弱して死に至るといったペラグラの症状は、ヨーロッパの吸血鬼伝説の起源であると主張した。そうだとすれば、ドラキュラにはナイアシンが不足していただけということになる。
しかしほとんどの犠牲者は病気がトウモロコシに関係していると気づき、この野菜が「不潔な先住民」の性質を帯びているせいだとしたり、実についたカビや何らかの虫のせいだとしたりした。貧困が蔓延していたアメリカ南部では、二〇世紀初頭にペラグラが爆発的に蔓延し、一九〇〇～一九四〇年でおよそ一〇万人にのぼる人々が命を落とした。この病気に苦しめられたサウスカロライナ州は、一九〇九年に殺人罪でトウモロコシを起訴した（「トウモロコシを告発する！」と州の農業長官エビー・ワトソンは大声で宣言した）。一方ペラグラの原因はトウモロコシではなく、患者たちは単に虚弱な体質で、口にするのもはばかられる方法で羊から病気をもらったのだとする少数派の意見もあった、
一九一五年にアメリカ公衆衛生局の医師ジョゼフ・ゴールドバーガーは刑務所や孤児院で栄養摂取の比較実験を行い、ペラグラの原因は何らかの栄養素の欠乏だと突きとめた。伝染性はなく、「質の悪いデンプンを主食とした食事」に関係しており、肉、ミルク、卵といったタンパク質を補った食事をとれば治癒すると確認したのだ。アミノ酸のトリプトファンはナイアシンの前駆体なので、ナイアシンをとらなくてもトリプトファンを豊富に含むタンパ

ク質をとれば体内でナイアシンを合成できる。しかしトウモロコシの場合、ナイアシンが人間には消化できない状態であることに加えてトリプトファンも少ないという「二重苦」となっている。

トウモロコシとペラグラの因果関係を明らかにした科学者たちは、マヤやアステカの人々はなぜこの病気に苦しめられなかったのか疑問に思うようになった。その答えはトウモロコシの処理方法にあった。マヤやアステカでは、トウモロコシを粉に挽く前に木灰や石灰を入れた水に浸けてアルカリ処理（ニシュタマリゼーション）を施していた。この処理は種子の外皮をとり、トウモロコシの栄養的価値を向上させるというふたつの点で効果がある。栄養的に向上するのは、主要な貯蔵タンパク質であるゼインが利用されにくくなるためだ。リシンとトリプトファンの含有量が非常に低いという点から考えると、ゼインはトウモロコシのタンパク質の中でも最悪だ。ゼインの吸収が阻害されれば、これらのわずかなアミノ酸の活用性があがる。

アルカリ処理をすると三倍のリシンが吸収できるようになり、また結合型ナイアシンが吸収できる形に変わる。処理済みのトウモロコシから作られたコーントルティーヤや粗挽きトウモロコシ（ホミニー）は、穂軸についた実をそのまま食べるときと比べてずっと良質のタンパク源となる。

遺伝子操作でリシンやトリプトファンを増加させた品種を作るというこの問題に対する現代的なアプローチもあるが、実行に移される前にトウモロコシは自らそのような品種を生みだした。最初に気づいたのはアメリカの聖職者かつ科学者のコットン・メイザーという人物で、一七一六年に隣人の菜園を見ていて、赤や青色のトウモロコシの風下に植えられている黄色のトウモロコシが、いろいろな色のまじった穂をつけていることに気づいた。風で花粉が飛んで、交雑していたのだ。

ひとつの雄花がしぼむまでに飛ばす花粉の量は六〇〇〇万個で、粒が非常に細かく、少しの風でも一分で八〇〇メートルほど飛んでしまう。つまり、隣家のトウモロコシの花粉で自分の家のトウモロコシが受粉する可能性がある。トウモロコシの交配は最初、このようにして起こった。隣の畑に植えられている違う品種の花粉で受粉して、新しい、ときにはよりよい品種が生まれた。

こうした自然任せの方法で、ロバート・リードは有名なイエローデントを作った。イリノイ州ピオリアの南にある自分の農場に、デント種のゴールデンホプキンスレッドと、初期のフリント種であるリトルイエローを適当にまぜて植えたのだ。リードの作ったイエローデントは「先史以来のトウモロコシ栽培における最も重要な一歩」と言われ、一八九三年のシカゴ万国博覧会で賞を獲得した。しかし、授賞は遅すぎるくらいだった。その前にすでに何十年間も、この品種はアメリカ人のお気に入りのトウモロコシだったのだから。

交配に関してはキャベツからペチュニアまでさまざまな植物で研究が行われたが、その中で突出しているのは英国の自然科学者チャールズ・ダーウィンのもので、彼は一八七六年に成果をまとめた『植物の受精』を刊行した。一八五九年に出版した『種の起源』に比べればインパクトははるかに小さいが、少なくともトウモロコシの世界にとってのインパクトは大きかった。近い種同士の交配によって生まれた株は、遠い種同士の交配株と比べて弱く、生殖能力も低い、つまり逆に言えば、遠い種同士の交配株のほうが健康で丈夫だというのが、ダーウィンの主な観察結果だった。このような現象を雑種強勢と言い、人間の場合も王族がときどき庶民と結婚するのはこのためである。新しい血を入れて、血統を強化するのだ。

一八七九年、ダーウィンのアメリカ人の弟子であるミシガン農業大学（現ミシガン州立大学）のウィリアム・ジェームズ・ビールが、トウモロコシの人為的交配に関する体系的な研究を初めて行った。ビールは畑にふたつの違った品種のトウモロコシを植え、一番目の品種については雄花をすべて切りとって「去勢」し、その雌花がすべて二番目の品種の雄花に由来する花粉で受精するようにした。こうして計画的に作られた交配株は、近い種同士の組み合わせでできた弱々しい株と比べて健康で収量も多かった。

トウモロコシの商業的栽培に交配種が導入されたのは、オハイオ州の農場に生まれたジョージ・ハリソン・シャルの功績だと言われている。貧しい家族の八人兄弟のひとりとして育った彼は、管理人の仕事をしながら大学に通って首席で卒業し、シカゴ大学で植物遺伝学の博士号を取得した。

一九〇〇年代初頭にニューヨーク州コールド・スプリング・ハーバーの実験進化研究所でトウモロコシの交配実験を始めたが、最初にトウモロコシ畑を作ったときは見学者にメンデルの法則を実際に見てもらうためのものだった。しかしこの畑から、世界の農業に貢献するトウモロコシは生まれた。彼は何世代も自家交配を繰り返して、純粋な自殖系統を作りだしたのだ。

いくつもの自殖系統を確立すると、シャルは今度はそれらを使って交配を試みた。すると勢いがよく高収量な第一世代の交配種がいきなり出現した。このいわばスーパーマンのようなハイブリッド種子を使って一九三〇年代に商業的栽培が始まり、それから一〇年でアメリカのトウモロコシ畑はほぼこの手法による栽培一色となった。

けれども残念なことに、高収量と引き換えに品種の多様性は失われてしまった。一九七〇年代にはたった六つの品種がアメリカのトウモロコシ畑の七割以上を占めるようになっていた。こんな状況は決して好ましいことではなく、一九七〇年に新しいタイプの葉枯れ病が発生すると、耐性のある品種がないためトウモロコシはばたばたとやられてしまった。トウモロコシにおける雄性不稔因子はパイプカットと同様の効果をもたらし、自家交配を防ぐための雄穂の切除という面倒な作業が不要になるという利点があるために導入されていたが、じつは葉枯れ病に対する脆弱性はT型細胞質雄性不稔因子と対になっていた。この病気の流行によって収量は一五パーセント減り、五〇パーセント近くで品質が低下した。

自然は、ことのほか均一性を嫌うようだ。この苦い教訓から、現存する品種に多様な特性を組みこむ研究が行われると同時に、現存するトウモロコシの遺伝的遺産、特に九〇〇〇年以上かけてメキシコの農民たちが作りあげた生物学的多様性の宝庫である在来品種を保存する努力が続けられている。


現代のアメリカでも、一日に三回トウモロコシを食べる家庭はまだ多い。しかし朝食のコーンミールマッシュはコーンフレークにとって代わられた。最もポピュラーなシリアルブランドは、ジョン・Hとウィル・Kのケロッグ兄弟が立ちあげたケロッグ社のものだ。

医学校を卒業した兄のジョンは、翌一八七六年にミシガン州バトルクリークのウェスタン・ヘルス・リフォーム・インスティテュートという、セブンスデイ・アドヴェンティスト教会の療養所の所長となる。そこで彼の行った独特の菜食主義の食餌療法は有名だ。やせている人には胃に砂袋をのせてベッドに寝かせ、一日に二六回食事を与えた。高血圧の人にはブドウだけを食べさせた。そして全員が、歯と歯茎の健康のためにツヴィーバックという一種のラスクを食べるよう奨励された。

療養所での最初の年に、ケロッグは焼いたシリアルのような食品を盛んに患者に食べさせた。これはオーツムギ、コムギ、コーンミールを合わせて作ったビスケット状のもので、グラノースと名づけられていた。そして一八九五年になって、彼は最初のフレーク状のシリアルを作りだした（半調理したコムギの粒をローラーで平らに伸ばし、乾燥してパリッとするまで焼いたもの。このアイデアは夢から得たとケロッグ博士は主張した）。コムギ製のフレークはまるで人気が出なかったが、数年後に作られたトウモロコシフレークは大成功だった。あまりにも人気を博したので、一九〇〇年代初めにはバトルクリーク周辺だけでも四四のシリアル会社ができ、中にはテントで営業しているようなところもあった。この中で突出していたのはC・W・ポストで、サスペンダーのセールスマンから転身して健康食品の製造業に乗りだし、一九〇六年に「エリヤズ・マナ」というブランド名をつけてコーンフレークを売りだした。しかしエリヤという旧約聖書の預言者の名前を冠していることや、パッケージに天からおりてきたカラスが飢えた預言者の手にコーンフレークを落とす絵が描かれていたことから、神を冒瀆していると聖職者たちに糾弾され、聖書に出てくる名前を商業目的で使用することを禁じている英国では違法と判断された。そこでポストはこれを改め、一九〇八年に「ポスト・トースティーズ」と名称を変えた。

オオムギのモルトで風味をつけたケロッグ博士のコーンフレークを売りだすために、一九〇六年に商才のある弟のウィルを社長としてバトルクリーク・トーステッド・コーンフレーク・カンパニーが設立された。しかし兄弟は目指す方向について意見が分かれ、ついにはどちらがケロッグという名の法的権利を持つかで一二年間も法廷で争った。その結果、いくつかの限定的権利が兄に認められたものの、弟のウィルが勝利をおさめたので、現在の商品パッケージにはウィルのサインが使われている。兄弟はふたりともコーンフレークを食べて九〇代まで長生きした。一九五一年に亡くなったウィルの墓は朝を象徴する人物のものらしく、くちばしで虫をつまんだコマドリのブロンズ像が置かれた日時計になっている。

ベンジャミン・フランクリンは『プーア・リチャードの暦』で「怠惰な者たちが眠りほうけているあいだに、深く耕しなさい／そうすればトウモロコシを収穫して、売ったり蓄えたりできる」と言っている。これこそ、世界中のトウモロコシを作る者たちが座右の銘とすべき言葉だろう。

トウモロコシの城

二〇世紀の初め、「コーンショー」と呼ばれるものが大いに流行った。農夫たちは最も大きく、最も品質がよく、最も数学的に完璧なトウモロコシの穂を作りだそうと競い、このイベントのためだけに作られたトウモロコシの城で品評会が行われることも多かった。この城がサウスダコタ州ミッチェルにひとつだけ残っている。ミッチェルの人々は隣町プランキントンの「穀物の城」で行われる華々しい祭典に負けたくなくて、小塔のついた派手な建物を建造したということだ。

第8章 キュウリ
ハトを装う

ティベリウス帝のための移動栽培
スパルタの悪名高きスープ
クレオパトラの美貌の秘密
ニューヨークのピクルスの電飾
ビルマのキュウリ王

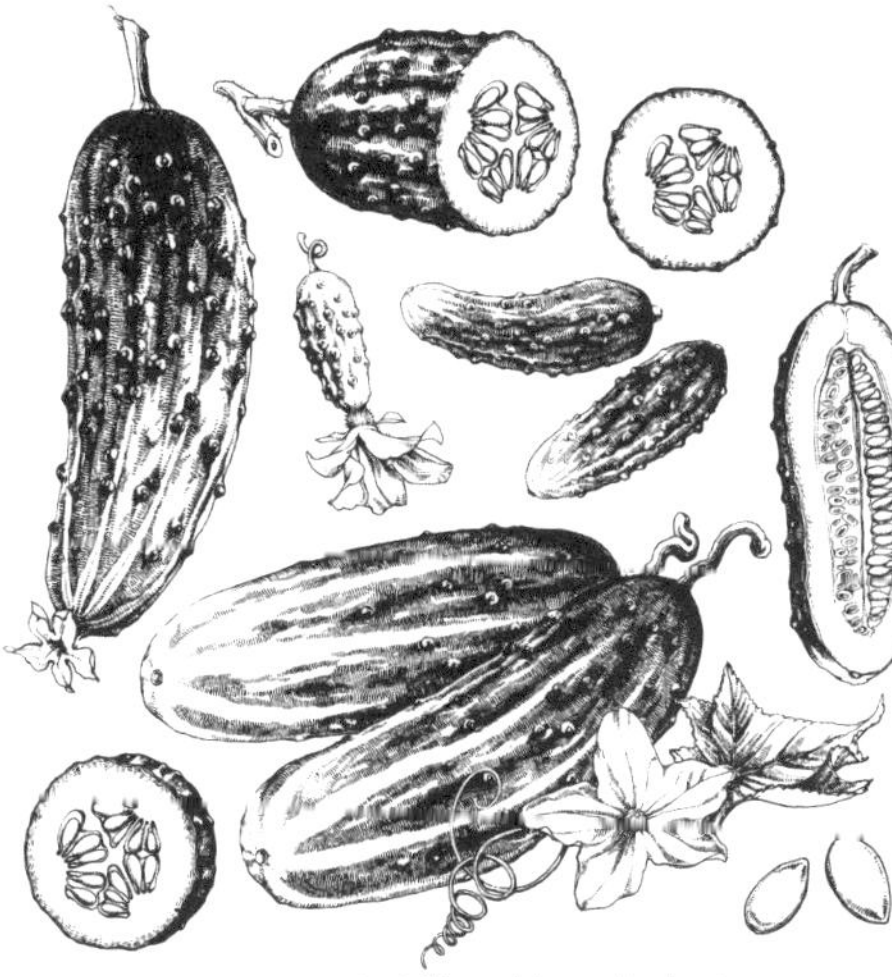

「キュウリは薄切りにしてコショウと酢で和えたら、捨ててしまうべきだ。何の役にも立たないのだから」

――サミュエル・ジョンソン（英国の文学者）

ティーンエイジャーの子どもを持つ親は、さまざまな悩みを抱えているものだ。ヴァージニアの農園主ランドン・カーターは一七六六年七月二四日の日記に娘のジュディが心配だと書いている。「夏のあいだ中、娘の生活態度はまったくもって始末に負えない。とてつもなくたくさん食べ、夜遅くにもキュウリなどあらゆるくずのようなものを口にする」。ティーンエイジャーは気分屋で、夜更かしはするし、ジャンクフードは食べるし、どうしようもない相手と恋に落ちる。キュウリ好きのジュディもいとこのルーベンと駆け落ちして父親の怒りを買うが、遺書に娘に八〇〇ポンド相当の銀貨と金の時計を遺すと記してあるところを見ると、結局父親は娘を許したらしい。

ジュディ・カーターの大好物だったキュウリ（学名 *Cucumis sativus*）は原産地のインドでは少なくとも三〇〇〇年前から栽培されていたと考えられているが、調査や研究が進むにつれて、別の地域ではるかに古くから栽培されていた可能性が高くなっている。一九七〇年にビルマ（現ミャンマー）とタイの国境にあるスピリット洞窟で発掘された食べ残しの料理にはキュウリ、マメ類、ウォーターチェストナッツの種子が含まれ、放射性炭素年代測定の結果、紀元前九七五〇年のものとわかった。私たちが現在食べているキュウリの祖先は断定されていないが、候補のひとつはヒマラヤ山脈に自生するチクチクする短いとげが生えた小さくて苦い野生種 *Cucumis hardwickii* だ。古代シュメールの『ギルガメシュ叙事詩』の登場人物である不運なエンキドゥが虫やイチジク、ケイパーの蕾とともに食べたのは、この食欲をそそらない野生種のキュウリだったのかもしれない。

しかし年月を費やして人々が努力を重ねた結果、苦味がなく風味のいいキュウリが作りだされ、あっという間に広まった。古代エジプト人は食事のたびに鉢の塩水に浸けられたこの野菜を食べ、キュウリ水という怪しげな飲み物も作っていたようだ。熟れたキュウリに穴を開け、小さな棒で内部を砕く。そして穴をふさいでキュウリを土に埋め、数日後に掘りだすと、「砕いた部分がおいしい液体に変わっている」と古代のレシピにはある。モーセについて砂漠を歩きつづけ、カラカラに喉の渇いたイスラエル人たちが思い浮かべたのは、この飲み物だったかもしれない。

だが、世の中はキュウリ好きばかりではない。嫌いどころか危険だと考える者さえいた。シャルル・エティエンヌとジャン・リエボーの『農業と田舎家（*L'Agriculture et Maison*

Rustique）』は一六一六年に『田舎の農場（*The Country Farm*）』として英語版が出版されたが、「キュウリを食べるのは非常に有害である」と断言している。当時の医学者たちもキュウリは体内の四つの体液を「冷やしてよくない状態」にし、悪寒を引き起こすと警告した。英国の官僚サミュエル・ピープスの一六六三年八月二二日の日記には「今日、ミスター・ニューハウスはキュウリを食べたせいで死んだのだと、サー・W・バッテンから聞かされた。そういえばこの前も、サー・ニコラス・クリスプの息子が同じようにして死んだと聞いたように思う」とある。

致命的な害はないとしても、キュウリにはこれといった利点もない。聖書外典には「キュウリ畑のかかしが撃退するものなど何もない」とある。これを読むと、明らかにキュウリは中東であまり人気がなかったのだとわかる。そして実際栄養面から言うと、この野菜には「何もない」。平均的なキュウリは平均的なクラゲと同様、九六パーセントが水分で、あとは皮の部分にビタミンAとCがごくわずかに含まれているだけだ（それぞれ一日の推奨摂取量の一パーセントと二パーセント）。ビタミンAに関して言えば、ニンジン一本分の量をとろうと思ったら、皮付きのキュウリを一二〇本食べなくてはならない。食物の歴史を研究しているウェイヴァリー・ルートは、「栄養的には野菜としての存在価値はほとんどない」と言っている。

しかし大部分が水だというたったひとつの特徴のおかげで、キュウリは喉の渇きを癒やすみずみずしい野菜だという評価を得ている。昔、砂漠を旅した隊商は、水分補給のためにキュウリを持ち運んだ。暑さに耐えかねた古代ギリシャ人はキュウリをつぶして蜂蜜や雪とまぜ、シャーベットのようなものを作った。熱狂的なキュウリ好きだった古代ローマ人は生でも食べたが、ゆでてから油、酢、蜂蜜で和えることが多かった。ティベリウス帝はキュウリが大好物で、一日一〇本食べたと大プリニウスは記している。皇帝のわがままに応えるため庭師たちは手押し車に土を満たしてキュウリを植え、日向から日向へと移動させた。そして冬になると、ピーターラビットが入りこんだマグレガーさんの畑にあった苗床のような、おそらくは雲母で作ったのであろう「窓」のある専用の栽培ケースの中でキュウリを育てた。

しかしローマ帝国が崩壊すると、キュウリの栽培も行われなくなった。一六世紀にふたたび食卓にのぼるようになるまでのあいだは、アメリカのシェフかつフードライターのバート・グリーンが「キュウリの暗黒時代」と呼ぶ不遇の時代だった。それでも八世紀の終わりには、植物の種子をキュウリの汁に浸けると虫に食われないという俗信からだろうが、ワタミゾウムシやネキリムシなどの害虫から大切な作物を守るためにフランスのピピン三世(小ピピン)が自分が所有するブドウ畑にキュウリを何列も植えさせている。また小ピピンの名高い息子

キュウリ王

一〇世紀にひとりの農夫が、キュウリのおかげでビルマの王となった。ある日ティンコ王は公務を離れて一日過ごした帰りに森を馬で抜ける途中、空腹のため立ちどまって、農夫の畑からキュウリをとって食べた。すると怒った農夫は鋤の柄で王を殴り殺してしまった。王殺しの嫌疑が自分にかけられることを恐れた馬番は、王を殺した者が代わりに王となるのだと言って、農夫を王宮まで行くよう説得する。

最初、農夫はキュウリを残していくのをいやがったが、金、銀、象、新しい服を約束され、とうとう王宮に向かった。到着すると王妃は「国や村々が混乱状態になることを恐れ」、農夫が風呂に入るならという条件で彼が王になることを受け入れた。その後彼はニャウンウー・ソーラハン王として三三年間にわたって国をおさめ、キュウリ王として親しまれたという。

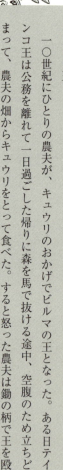

であるカール大帝は、王宮の菜園に植えるよう命じた。そして荘園令の作物リストではサラダ野菜に分類しているのに、なぜかこれをお気に入りの「果物」だと宣言して、カスタードタルトに入れてデザートとして食べたと言われている。

一四世紀のイングランドでもキュウリは栽培されていたが、広く作られるようになったのは一六世紀のヘンリー八世の時代になってからで、六人いた彼の妻の最初のひとりであるキャサリン・オブ・アラゴンがスパニッシュサラダにキュウリを薄切りにして入れることを好み、この野菜の後ろ盾となった。キュウリはヘンリー王の妻たちより長く生き延び、エリザベス一世の時代には、英国の植物学者ジョン・ジェラードの『本草書または植物の話（*Great Herball, or Generall Historie of Plantes*）』（一五九七）によると、コモン、ターキー、アダー、ペアファッション、そしてスペインの神秘的な「珍しくて美しいキュウリ」――長さ三〇センチで「多彩な」縞や斑点がある――の五つの品種が栽培されていた。同じく英国の植物学者ジョン・パーキンソンは園芸書『日の当たる楽園、地上の楽園（*Paradisus in Sole Paradisus Terrestris*）』（一六二九）で七つの品種を挙げているが、その中にはピクルスに使われる小さな実の品種や、レモンに似た大きさと形の品種があった。

薬としての利用は古代にさかのぼるが、キュウリは形や大きさが男性器を思わせるにもかかわらず、なぜか媚薬として使われることはなかった。古代ギリシャでは少しでも性的な形をした野菜は媚薬として使われたのだが、キュウリは数少ない例外だった。一六世紀ドイツの植物学者レオンハルト・フックスはギリシャのことわざ「はたを織る女にはキュウリを食べさせろ」を挙げて、「アリストテレスを信じるなら、はたを織る女はみだらで積極的に愛しあいたがる。しかしことわざによると、キュウリを食べさせれば女たちの欲望を抑えられる」と解説している。

キュウリを敷きつめたベッドで寝れば熱が引き（「キュウリのように冷たい」の語源）、ワインに漬けてつぶしたキュウリの葉は犬に嚙まれたときの傷に効く。また子どもが欲しい女性はウエストからキュウリを思わせぶりにぶらさげればいいとされた。またキュウリの夢は、恋に落ちる前兆だと信じられていた。古代ローマではネズミよけになると信じられ、一六世紀のジョン・ジェラードはオートミールのポタージュに入れて一日に三回食べれば顔の腫れ、「バラのように赤い」鼻、ニキビなどあらゆる皮膚トラブルが治ると言っている。

このほかにも、キュウリにはさまざまな俗信がついてまわった。たとえばキュウリは雷雨を怖がると言われていて、恐ろしい悪天候に見舞われたときは「薄い覆い」をかけて安心させてやるといいと、ある熟練の庭師は主張した。キュウリを有害だと言ったエティエンヌとリエボーは三年以上寝かせたキュウリの種を植えるとラディッシュができるとしているが（これは無害だと彼らは考えていたのだろう）、平らな葉のパセリを縮れさせるには畑用のローラーで一度押しつぶせばいいとも言っているので、彼らの話はかなり割り引いて受けとったほうがよさそうだ。

実際に栽培していればそんなことはないとわかりそうなものなのに、多くの人々がキュウリは月の満ち欠けとともに大きくなったり小さくなったりすると信じていた。そのため最も大きく質のいい実を得るために、慣習として満月時に収穫が行われた。しかし英国の造園家バティ・ラングレーは著書『菜園造りの新しい法則（*New Principles of Gardening*）』（一七二八）でこの慣習に反対し、次のように述べている。

「これは最も大きいキュウリが最も質がいいと信じて非常に多くの人々が行っている由緒ある慣習だが、間違っている。大きくなれば黄色くなって、質が悪くなるばかりだ。だからキュウリはそんなふうになる前に収穫することをすすめる。大きく育ったキュウリの種はよほど丈夫な胃を持つ者でない限り、消化できるものではない」

辛辣なサミュエル・ジョンソン博士は「キュウリは薄切りにしてコショウと酢で和えたら、捨ててしまうべきだ。何の役にも立たないのだから」と言って、大きさに関係なくすべてのキュウリを否定した。しかしそんな彼もエリザベス・ラフォールドが著書『経験豊富なイングランドの家政婦（*The Experienced English Housekeeper*）』（一七六九）ですすめているレシピで調理したキュウリを食べていたら、意見を変えたかもしれない。それは大きなサイズのキュウリの中に頭や羽根を残して内臓を抜いたハトを詰めるというもので、一方の端にハトの頭がついているようなこのキュウリをスープに入れて煮込み、付け合わせにバーベリーを添えて供するというものだった。

シンプルな料理が好きだった第一八代アメリカ大統領のユリシーズ・S・グラント将軍はキュウリがお気に入りで、薄切りにしたキュウリとコーヒーだけで食事を終わらせることが多かった。エリザ・レスリーは『ミス・レスリーの完全なる料理本、項目別のレシピ集(*Directions for Miss Leslie's Complete Cookery, in its Various Branches*)』(一八四〇)にキュウリを使った料理をふたつ載せている。ひとつは生のまま酢と油で和えるもの、もうひとつは薄く切って小麦粉をまぶし、バターで焼くというもので、朝食向けだと書かれている。

キュウリはコロンブスが西半球に伝えた。一四九四年にハイチの実験農場にキュウリを植え、栽培に成功したようだ。一五三五年にフランスの探検家ジャック・カルティエは、カナダのモントリオール近くで「非常にすばらしいキュウリ」を見たと記しているし、一五三九年にエルナンド・デ・ソトはフロリダには「スペインのものよりずっといいキュウリ」があったと書き残している。一八〇六年に種苗業者のバーナード・マクマホンは、幅広い知識を網羅する『庭師の暦(*Gardener's Calendar*)』にアメリカで栽培されている主な八品種を示しているが、その中には成長すると実が五〇センチにもなるロンググリーンターキーもあった。

マクマホンはウェストインディアンガーキン、別名エルサレムピックルという品種も挙げている。このキュウリは一八世紀のジャマイカの自然史について書かれた文章にクルミの実大の薄緑色をした果物として登場し、栽培種のキュウリと比べると「はるかに劣る」が、酢に漬ければ食べられると書かれている。しかしアメリカへの入植者たちはひるみはしなかった。ほかに有効な食料保存法がほとんどなかったので、普段からクルミ、モモ、アーティチョーク、果ては卵まで、ほとんどすべてのものを酢漬けにしていたのだ。

アメリア・シモンズはクローブ、メース、ナツメグ、白コショウの実、ヒハツ、ショウガを入れた白ワインビネガーに漬けこむとおいしいとすすめている。ハリオット・ピンクニー・ホリーの一七七〇年の『料理の本（*Receipt book*）』にも似たようなレシピがあり、「マンゴー、マスクメロンやキュウリに、またサヤインゲン、ファーキンなどを酢漬けにするのに」よいとすすめ、少し調整すればオレンジも漬けられるとある。

ピクルス保存法とは細菌の繁殖を抑えて食品の劣化を防ぐために、食品を酸性の液――たいていは酢――に漬けることである。酢がいつから作られるようになったのかは不明だが、かなり古い時代であることは確かだ。バビロニアの人々はナツメヤシの実から作り、古代中国人はコメやオオムギから作った。古代ギリシャのスパルタでは、ポークストックに酢と塩を入れて、悪名高い「黒いスープ」を作った。これだけ聞くと酸辣湯に似ている感じがするが、まったく違うものだったのだろう。アテネ人によると、戦闘におけるスパルタ人の伝説的勇猛さはこのスープのおかげらしい。つまり、飲むくらいなら死んだほうがましとい

酸っぱいワイン

英語で酢のことをビネガーと言うが、その語源はフランス語のヴァン・エーグル——「酸っぱいワイン」という意味だ。ワイン造りが盛んだったフランスではその副産物として酢も製造され、ヨーロッパのほかの国々に輸出していたからだ。アルコールが酢酸菌の働きで分解されて四パーセントの酢酸水となり、ワインが酸っぱくなる。同じような細菌による分解でビールはモルトビネガーになり、リンゴジュースはアメリカ特産のリンゴ酢になる。しかしアメリカ西部の開拓者たちは酢を入手できなかったので、どこにでもあるトウモロコシウイスキーを使ってピクルスを作った。

うほどひどいものだったようだ。

ピクルスはみんなに愛された。いつもはお堅いトマス・ジェファーソンでさえ、「焼けつくようなヴァージニアの夏の日には、階段下のサリーおばさんの貯蔵室に置かれた瓶の、きらきら光るいいにおいの液の中から魚を釣りあげるように取りだした、スパイスの利いたピクルスほど癒やされるものはない」という詩を作ったほどだ。アメリカの政治家、科学者のベンジャミン・フランクリンは吐き気にピクルスが効くとすすめているし、クレオパトラは自分の美しさはピクルスのおかげだとした。また、アメリカという名のもととなった、イタリアの探検家にして地理学者のアメリゴ・ヴェスプッチが最初にした仕事は、ピクルス売りだった。

肉とジャガイモばかりの単調な食事に唯一彩りを添えてくれるピクルスの人気は、一九世紀になっても衰えなかった。一八八四年の『グッド・ハウスキーピング』誌には「ピクルスのない昼食や夕食は、どこか気が抜けている」とある。現在アメリカで生産されているキュウリの半分以上がピクルスにされており、年間消費量はひとり当たり四・一キログラム、アメリカ全体では一一八〇万トンにのぼる。

アメリカにおける史上最も有名なピクルスは、ピッツバーグに本拠を置くヘンリー・J・ハインツ社のラベルに描かれているものだ。ハインツ社の成り立ちは、典型的サクセスストーリーだ。八歳のときに家の菜園で余分にできた野菜を売りはじめたヘンリーは、一二歳になると自分用の一・五ヘクタールそこそこの土地からあがる収穫で本格的に商売を始めた。一八六〇年代にはホースラディッシュを、一八七〇年代にはピクルスを瓶詰めにして売りだした。そして一八七六年にトマトケチャップの販売を始めたが、これがハインツ社にとって転機となり、彼に富と名声をもたらした。

一八八八年、ピッツバーグ郊外にある八・八ヘクタールの彼の工場には蒸気による機械設備、電灯、一一〇頭の漆黒の「ハインツホース」(これにピクルスの緑色で縁取りをしたクリーム色の荷馬車を引かせた)を飼育する「馬の城」、一二〇〇席あるステンドグラスドームのホールなどが完備されていた。そして一八九三年のシカゴ・コロンブス万国博覧会でハインツと刻印したピクルスの形の腕時計を無料で配ると、ハインツ社のピクルスは全国的に知られるようになった。一八九六年には、一二メートルの電飾のピクルスがニューヨーク五番街に作られた。

このようにハインツ社が隆盛をきわめるまでは、キュウリの品種改良はあまり熱心に行われていなかった。最初の人為的交配で作られた高収量で実の大きいテールビーズ種は、一八七二年に一般の栽培家向けに売りだされた。一八八八年のW・アトリー・バーピー社の種苗カタログには、キュウリの二〇の品種のひとつとして掲載されている。ほかに「寒くて荒涼とした環境にも適応する」楕円形で茶色い皮に白い網目模様のあるロシア(ヒヴァ)網目キュウリや、実が二メートルにも成長してヘビのようにとぐろを巻くヘビキュウリなどがあった。フランスの種苗会社ヴィルモラン=アンドリュー社による『ベジタブル・ガーデン』(一八八五)には、ヘビキュウリは熟れると「強いメロンのような芳香」を放つと書かれている。この本にはほかに二七の品種が挙げられているが、その中のひとつボンヌイユラージホワイトはパパイヤのような形をした甘い香りのキュウリで、パリ近郊で香水の原料として栽培されている。

ヴィルモラン＝アンドリュー社は「まっすぐで形のよいキュウリは、小さくて曲がったキュウリ一ダース分の価値がある」として、売り物にするキュウリはなるべくまっすぐなものがよいとすすめ、若い実を片側が開いたガラスの筒に入れて強制的にまっすぐにする栽培方法を紹介している。同社によると、イングランドのある栽培農家はこれを実行するために一〇〇〇人以上の労働者を雇ったそうだが、このようなやり方はルイス・キャロルの『不思議の国のアリス』に出てくる、バラをペンキで赤く塗る庭師を思い起こさせる。変形の激しいキュウリは、強制的にピクルス工場に送られたそうだ。

まっすぐなキュウリへのこだわりは古代から受け継がれたものだ。昔、中国では実が曲がらないように端に石をつるしたが、現代の種苗業者たちは大きさ、収量、病気に対する抵抗性、風味、流通過程で重要となる保存性などとともに、まっすぐな実をつける性質を求めて交配に励んでいる。現代では多くの伝統種を含め、栽培品種は数えきれないほど多い。その中にはレモンそっくりのレモン、ずんぐりしたアイボリー色のホワイトワンダー、小さなクリスタルアップル、それから飛行船のような形をしたツェッペリンといった変わり種もある。

雌雄と大きさ

キュウリはメロンやカボチャと同様雌雄同株で、オレンジがかった黄色の五弁の花びらの内側にあるのは、五本の雄しべの場合と、三つに分かれた柱頭のある雌しべの場合があり、両方が同じ株に存在する。通常、雄花はいくつか固まって咲き、雌花はひとつずつ離れて咲く。

しかし現代のピクルス用の品種の多くは、この基本形から逸脱している。雌花しかつけない雌株となっていて、雄花がない分栄養が分散せず、普通より大きな実をつける。もっと奇妙なのは単為結果する品種群で、子孫を残すという概念から外れてしまっている。これらは受粉せずに実を結ぶが、種は作らない。またうまく単為結実させるためには飛んでくる花粉を厳重に遮断するという手間がかかるため、価格が四倍になる。

キュウリを中性化するだけでなく、株を小さくする品種改良も行われている。普通の蔓性の株はだいたい六〇センチ四方の地面を占有するが、ブッシュ系の品種はその半分以下の広さしかとらない。しかしブッシュ系を選ぶというのは、収量を減らすためにより高い金を払うということでもある。標準的なキュウリはひと株当たり一五本の実をつけるが、ブッシュ系の品種では一〇本となる。

現在栽培されているキュウリにも、苦味の痕跡はある。たまに特別苦いものができることもあり、食べると思わず体が震え、はるか昔にヒマラヤの荒野で育っていたキュウリの味に思いを馳せることになる。苦味の原因はテルペン誘導体であるククルビタシンという化合物で、私たち人間だけでなく一部の虫たちにとっても非常に不快なものだ。ククルビタシンなしの苦味のない品種も作りだされているが、植物が身を守る天然の鎧を化学的にはぎとったというに等しく、虫にやられやすい。

実の苦さは栽培する畑や年によっても異なり、一本一本でもばらつきがある。理由は今のところわかっていない。苦味の出やすい品種というのはあるが、おしなべて気温があがらなかったとか雨が十分に降らなかったといったストレスに関係するようだ。

ジョナサン・スウィフトの『ガリヴァー旅行記』でレミュエル・ガリヴァーはリリパッド王国などへの航海のあとラピュータ国に向かう途中、キュウリの最初の科学的交配種を目にする。その栽培者たちは「冷夏に使用するため、キュウリから太陽光線を抽出して小瓶に密閉する実験に八年間取り組んでいた」と彼は記録している。

今の私たちにはこれもさほど荒唐無稽な話に聞こえないが、今のところまだ同じ実験に取り組んでいる者はいないようだ。しかし日本人は冷夏対策ではなくうだるような暑さ対策として、キュウリ味のペプシ［二〇〇七年に限定発売］を考案している。

第9章　ナス

（イスラム教の指導者を気絶させる）

シルクロードを行く
ソドムの青いリンゴ
デルモニコスの料理
トマス・セイの甲虫
ジョッキに入った魔法の糖蜜
人食い族の消化を助けるもの

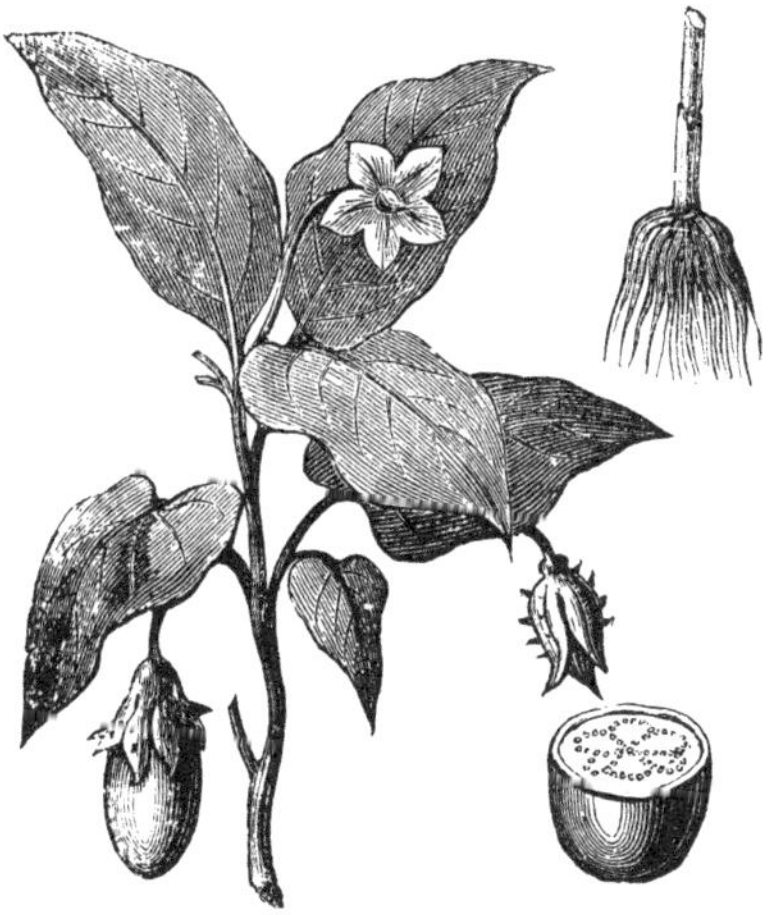

shutterstock

「一富士二鷹三茄子《なすび》」

——初夢に見ると縁起のいいものを表す日本のことわざ

ダニエル・ピンクウォーターの愉快な子ども向けSFストーリー『ボーゲル(*Borgel*)』(一九九〇)では、宇宙や時間を自在に旅するミステリアスなボーゲルおじさんが甥のメルヴィンに「ウサギとナス」の話をする。ナスがウサギに駆けっこを挑むと、町の人々はナスには何かうまい策があるのだと思いこんで、こぞってナスに金を賭けた。しかしいざ駆けっこが始まると、ウサギはみるみる遠ざかってあっという間にゴールする。ナスはといえば、ただその場に座っているだけだった。怒った町の人たちはナスに襲いかかって食べてしまう。この話の教訓は、「ナスには賭けるな」。

しかしナスの歴史を見てみると、人々はずっとナスに賭けつづけてきたとも言える。食べてもおいしくない大昔の野生種を今のようにみずみずしく太った実にするには、相当長い時間がかかったに違いない。盲目的信頼と献身と努力が必要だったはずだ。ナスは中央アジア南部が原産だと考えられているが、奇妙な形でチクチクするとげの生えた苦い味のする実は、とても当時の人々の食欲をそそるものではなかっただろう。しかしそれでもくじけなかった誰かが、ナスを栽培化したのだ。

最初の栽培化はインドで行われたというのが定説で、紀元前三〇〇年のサンスクリット語の文書にもナスは登場している。しかし中国という説や、同時期に両地域で行われたという説もある。古代中国の植物に関する文献の研究が進み、紀元前五九年に現在の四川省成都でナスが栽培されていたと確認された。現代においては中国が世界第一位の生産量を誇り、続いてインド、アメリカは遠く及ばず第二〇位である。


中国で栽培が始まった頃のナスはおいしいと言えるものではなく、薬として使われていたと考えられる。はるかのちの一六世紀に書かれた中国の医学論文には、腸出血から歯痛に至るあらゆる病について、ナスを使った処方が記されている。しかし料理用の食材としてはなかなか受け入れられなかったのは、薬としてのイメージが強すぎて、人々が神経質になったということもあるのだろう。毒のあるフグと同じように、熟練した者が調理を行わないと危険だと考えられたのだ。ナスの中国語には「毒」という意味もある。

食べても何事も起こらなかったという人が増えるにつれて、ナスはしだいに料理にも使われるようになっていったが、それでも危険だという評判がなくなることはなかった。シルクロードを旅する商人たちによって六世紀に中東に伝わったが、ペルシャの医師たちはナスを信用せず、ニキビ、ハンセン病、象皮病などさまざまな体の変調を引き起こすとした。

　けれどもやがて料理人たちの努力が実り、中東で食材としてのナスは華々しい地位を獲得した。燻製にしたラクダのこぶ、シマウマ、アラビアダチョウといった食材を使いこなすペルシャの料理人がナスごときに尻込みするはずもなく、やがて彼らは何百ものレシピを生みだした。レーズンやオリーブ、ヤギやハトの肉、ローズウォーター、アーモンド、ヨーグルト、ピスタチオの粉といった特徴的な食材を使った柔軟な料理作りで知られるのちのトルコ人たちは、毎食ナスを食べたと言われている。ナスの中に松の実を詰めた料理はあまりにもおいしいので、「イマーム［イスラム教の指導者］が気絶した」という意味の「イマム・バユルドゥ」と呼ばれた。ただし、イマームが気絶したのは、若い妻がナスを料理するのに持参金代わりのオリーブオイルをすべて使ってしまったからだとしている話もある。このあとナスはムーア人が勢力を広げるのにしたがって、北アフリカやスペインへと伝わっていった。スペインではムーア人とスペイン人の血を引く植物学者イブン・アルアッワームが著書『農書（*Kitab al-fila-hah*)』で、白、スミレ、濃紫、黒の四つの品種を挙げている。北ヨーロッパには一三世紀に到達したが、人々は食べるのに及び腰で、肝の据わったイタリア人以外は手を出そうとしなかった。ただし上流階級の屋敷の庭では、エキゾティックな観賞用植物として一定の人気を得た。

豊富な図版がちりばめられた『健康全書（*Tacuinum Sanitatis*）』は健康について留意すべき点を表にまとめた一一世紀のアラビア語の書物をラテン語に訳したもので、一四、五世紀に健康を気にするヨーロッパ貴族たちのあいだで人気を博したが、この本に紫のナスのすばらしいイラストが描かれている。ただしこの野菜には催淫性があるとの警告が記され、ナス畑の畝の前で欲望の高まりに耐えきれずに抱きあう恋人たちと、怒った付き添いの女性がかたわらで指を振りたてている絵が添えられている。

ルネサンス期のヨーロッパでは小さな白い実をつける品種が多かったため、「エッグ」プラントと名づけられたが、違う品種もあった。ドイツの植物学者レオンハルト・フックス（一五四二）は紫と黄色の品種を、ナスは「健康に悪い」食べ物で体を悪い体液で満たすと主張したフランドルの植物学者レンベルト・ドドエンス（一五八〇）は紫と「淡色」の品種を、フランスの植物学者ジャック・ダレシャン（一五八七）は長形、丸形、洋ナシ形の紫、黄、「灰色」の品種を挙げている。

著名な英国の植物学者ジョン・ジェラードは『本草書または植物の話（*Great Herball, or Generall Historie of Plantes*）』（一五九七）で白、黄、茶の品種があると説明し、エジプト人はゆでたり焼いたりしてから油、酢、コショウをかけて食べたと紹介しつつも、決して真似てはならないと警告した。「イングランド人はわが国独自のソースをかけて食べる肉で満足し、このような明らかに危険な実には手を出さないことを願う。これら『怒れるリンゴ』は有害であり、食用にするのは絶対に避けなければならない」と述べている。同じく英国の植物学者ジョン・パーキンソンは『日の当たる楽園、地上の楽園（*Paradisus in Sole Paradisus Terrestris*）』（一六二九）で、まったく信じがたいという様子で「イタリアなど暑い国では……人々は私たちがキュウリを食べるよりも大いなる熱意を持って、おいしそうにそれら（ナス）を食べる」と述べている。

ナスが「怒れるリンゴ」や「狂ったリンゴ」と呼ばれることがあるのは、軽率にもナスを食べた人が一時的に錯乱状態に陥ることがあるとされていたからだ。どうやらこの野菜を口にした最初の西洋人がそういう状態になったらしい。おいしそうな外見にそそられて生のまま食べた彼は、その場で発作を起こして倒れたという（野菜の専門家によると急性胃炎ではないかということだが）。この出来事が、何世紀ものあいだナスについてまわった。空想力に富んだ一四世紀の旅行家（あるいは空想力に富んだ人物に創作された架空の人物）であるサー・ジョン・マンデヴィルは、ナスに対するこうした見方に拍車をかけた。『東方旅行記』には人魚や怪物、でたらめなアジアの地理とともにナスそっくりの「ソドムのリンゴ」が登場し、レヴァント地方に育ついかにもおいしそうなこの紫色の実は摘むと灰になってしまうと描写されている。ミルトンは『失楽園』で、ルシファーに従う堕天使たちに気の毒にもこの実を食べさせている。

長いあいだ、ナスは恐怖を覚えずには近づけない野菜として存在してきた。人を錯乱状態に追いやるだけでなく、熱や癲癇、性的欲望の高まりをもたらすとされた。さらに、恐ろしいマンドレイクの実と形が似ていることもマイナスに働いた。この植物は土の中から根を掘りだすと叫びだし、聞いた者はただちに死ぬと言われていた。

叫びだすという話はともかく、マンドレイクがナスに似ているのは事実だ。ナス科にはトマト、ジャガイモ、コショウ、ペチュニアだけでなく、マンドレイク、タバコ、ベラドンナ、チョウセンアサガオなど悪名高い植物たちも属している。一七五三年にカール・リンネは植物を系統的に分類した著作『植物の種（*Species plantarum*）』でナスは食用植物だと認めていて、このときは *Solanum insanum* という学名を当てているが、のちに *Solanum melongena* と改めている。訂正後の名前は「心を静める狂ったリンゴ」という意味で、どっちつかずの妥協策と言える。

イタリア語でナスのことをメランツァーナと言うが、これは「狂ったリンゴ」という意味の古語から来ている。フランス語のオベルジーヌやスペイン語のベレンヘーナの語源はインドでナスを表すブリンジャルだ。英語のエッグプラントはオックスフォード英語辞典によると一七〇〇年代半ばにできた単語で、最初は小さくて白い卵のような形をしたナスを指したが、やがて大きさや形、色にかかわらずすべてのナスを意味するようになった。ドイツ語ではアイアァフルフト（「卵の果実」の意味）、一六世紀に南北アメリカを征服したスペインのコンキスタドールによって伝えられたジャマイカでは「畑の卵」と呼ぶ。

ヨーロッパに伝わった初期に、ナスが華々しく食卓を飾った記録が残っている。一五七〇年にイタリアで開かれたローマ教皇ピウス五世の晩餐会では、数多くの料理の一部にナスも使われた。食事はまずマジパンボール、ブドウ、ワインで煮込んだプロシュートで始まり、ヒバリ、ヤマウズラ、ハトの串焼き、ゆでた子牛の脚と進んで、マルメロのペストリー、洋ナシのタルト、チーズ、焼き栗で締めくくられた。ナスはメインの肉料理の付け合わせだった。焼いて薄く切り、ウズラに添えられた。

一七世紀には、フランスのルイ一四世に大いに気に入られた。王には数々の欠点があったが、食べ物、女性、菜園に関しては申し分のない嗜好を持っていた。しかし宮廷のほかの人々は王ほどこの野菜に熱狂しなかった。コーヒー、紅茶、チョコレート、シャーベット、ターキー、シャンパンなど、一七世紀に次々と伝わってきたもっと魅力的な食べ物に王の気持ちが向くことを、彼らは期待していたのかもしれない。

ナスがいつ大西洋を渡ってアメリカ大陸に伝わったのかははっきりしない。スペインの探検家が伝えたという説もあれば、モンティチェロの広大な菜園であらゆる野菜を栽培していた第三代アメリカ大統領トマス・ジェファーソンが作ったのが最初だという説もある。さらには西アフリカからの奴隷船とともにやってきて、まず北アメリカの南海岸沿いに定着してギニアスクワッシュと呼ばれたという説や、スイス人のピーターとジョンのデルモニコ兄弟が一八三一年にニューヨークに開いたデルモニコスというレストランによってアメリカの飲食店に広まったのだとする説もある。

一八八〇年代のロンドンの新聞で、デルモニコスはヨセミテ峡谷と並んで「アメリカで最もすばらしい風景」だと称えられた。スウェーデンのオペラ歌手のジェニー・リンドやナポレオン三世、エイブラハム・リンカーン、英国の作家チャールズ・ディケンズ——いつも昼食にシャンパンを二本とブランデーをグラスに一杯飲んでいた——など多くの金持ちや有名人が訪れ、サミュエル・F・B・モールスはここで自作の電信機による世界初の通信を行った（返信は四〇分後に来たという）。この店は一八三〇年代にナスとアーティチョークを広めたが、進取の気性に富んでいるとは言いがたい当時のアメリカ料理界では、どちらもそれまであまり使われていなかった。デルモニコスはほかにアボカド、クレソン、トリュフをアメリカで初めて使い、ロブスター・ニューバーグ、エッグベネディクト、オイスター・ロックフェラー、チキン・ア・ラ・キングといった料理を生みだした。

一九世紀になるとナスはどの料理本にも登場するようになり、調理法も焼く、詰め物をする、ゆでる、バター炒めにするなど多彩になって、コショウを入れたワインで煮込んだり、蜂蜜と酢でピクルスにしたりするなどエキゾティックな料理もあった。メアリー・ランドルフの『ヴァージニアの主婦による系統立った料理法（*The Virginia Housewife, or Methodical Cook*）』（一八二四）は紫のものを最上とし、湯通ししたあとに卵の黄身とパン粉をつけて揚げるといいとすすめ、「とてもおいしく、やわらかいカニ肉のような味わい」だと述べている。エリザ・レスリーの『ミス・レスリーの完全なる料理本、項目別のレシピ集（*Directions for Miss Leslie's Complete Cookery, in its Various Branches*）』（一八四〇）には、煮込む、揚げる、詰め物をするといったレシピがあり、「ナスは夕食用に使うこともあるが、普通は朝食に使う」と無造作につけ加えている。サラ・ローラーは『フィラデルフィアの料理本（*Philadelphia Cookbook*）』（一八八六）で、揚げたナスにトマトケチャップをつけて食べることをすすめている。

エリザ・レスリーはきっと、ナスを最高品質のバターで焼いていたに違いない。ミス・レスリーは酸っぱくなったり傷んだりしたバターを使う料理人を厳しく非難している。スポンジ状の組織を持つナスの実は、最高品質のバターをたっぷり吸いこんだことだろう。

ナスの果肉の組織はスポンジと同じで細胞間に多くの空洞があり、そこに大量の液体を含むことができる。しかしスポンジと違って、ナスは調理を続けるとある時点で抱えこんだ液体を放出する。たとえば油の中で熱しつづけると細胞壁が壊れて空洞がなくなり、そこに入っていた油は外に流れでる。今はナスを焼いたり揚げたりするのにオリーブオイル――あのイマームを気絶させたことで名高い油――を使うことが多いが、中東では伝統的に尻尾の太い脂尾羊の尾からとったアリヤという油を使う(脂尾羊の尾は貴重なものなので、すり減ったり裂けたりしないようにそこだけを小さな二輪の木の荷車にのせることがある)。脂肪分のないナスは一カップで五〇キロカロリーしかないが、油を使って調理すると三〇〇キロカ

人食いナス

「人食いトマト」の異名がある *Splanum uporo* は実際には「人食いナス」と呼ぶべきで、タヒチやフィジーの島々に自生している。当時人食い人種の島として知られていたフィジーを一八六〇年に恐る恐る訪れたドイツの植物学者バートホルト・ジーマンによると、五センチほどのトマトのような赤い実は人肉料理の消化を助けるための付け合わせだった。「どうやら人肉はかなり消化の悪いものらしい」とジーマンは書き残している。

ロリー以上になる。

一九世紀になると、ナスは菜園で普通に栽培されるようになった。ヴィルモラン＝アンドリュー社のカタログ『ベジタブル・ガーデン』は一五の品種を挙げている。紫が一〇、白が二、緑が二、紫と白の縦縞の入ったものが一だったが、紫の品種が圧倒的人気を誇った。一九世紀の終わりにエドワード・ステューテヴァントは『食用になる植物の記録（*Notes on Edible Plants*）』（出版は死後の一九一九年）で、「どこへ行っても、ほぼ紫のナスしか植えられていない」と述べている。ナスのトレードマークのような紫色は、ギリシャ語で「青い花」を意味するアントシアニンというリング型の化合物に由来している。残念なことにこの青、赤、紫の植物性色素は水溶性で熱に弱く、調理すると色あせてしまう。だから赤キャベツをゆでたりイチゴをジャムにしたりすると、一気にまずそうなピンクがかった茶色になってしまうのだ。

ナスは調理の際に皮をむくことが多いので、紫色があせることを気にしなくていい。けれども皮をむくと、リンゴ、アボカド、バナナ、生のジャガイモ、洋ナシと同じで茶色っぽく変色してしまう。これは歯でかじったりナイフで皮をむいたりといった行為で細胞が破壊されるとポリフェノール・オキシダーゼという酵素が放出され、それが野菜や果実内のフェノール化合物と反応して褐色の色素が作られるためだ。

こうした褐変は冷やすことで反応を遅らせられる場合もあるが、逆に悪化するケースもある。たとえば熱帯の果物であるバナナは冷やすとあっという間に細胞が損傷し、大量のポリフェノール・オキシダーゼを放出する。だからバナナは、冷蔵庫に入れると皮が真っ黒になってしまう。褐変は塩に含まれる塩化物イオンによって防ぐこともできる。しかしこれは調理に塩を使うことの多いジャガイモやナスの場合には有効でも、リンゴや洋ナシには使いにくい。ポリフェノール・オキシダーゼの働きを防ぐのに最も効果的なのは酸性の状態にすることだ。クエン酸が豊富に含まれるレモン汁を加えると、アボカドディップのきれいな緑色が保たれるのはこのためだ。またアスコルビン酸も有効だが、この物質はビタミンCというほうが通りがいい。

しかしフェノール化合物は、食品の見栄えを悪くするという負の要素を持つばかりではない。じつはこれは抗酸化物質で細胞を損傷する活性酸素を吸収するため、アンチエイジング効果やLDLコレステロール（悪玉コレステロール）を減少させる効果があると報告されている。二〇〇三年、研究者のジョン・ストンメルとブルース・ウィタカーは南東アジアからアフリカにかけての広い地域の一一五の品種とアメリカで一般的に栽培されている品種を分析し、ナスは抗酸化活性が非常に高いことを発見した。ナスには一四種類のフェノール化合物が含まれていて、中でも多いのは特に強力なクロロゲン酸である。

ストンメルとウィタカーが研究で使ったナスは、ジョージア州グリフィンにあるアメリカ国立植物遺伝資源研究所の保存ユニットにあったものだ。ここでは栽培作物とその野生種の種子を収集、保存している。ふたりの研究者はここで驚くほど多様なナスを発見した。現在アメリカで最も一般的なのは洋ナシ形の紫色の実をつける品種だが、ほかにも赤、黄、緑、オレンジ色をしたものや、形もキュウリのように長いものから小さくて丸いものまでさまざまな種類があった。細くて指のような形をした東洋の品種や、三〇センチほどで細長くて湾曲したヘビナスという品種もある。

植物学的には、これらの実はすべて果物に分類される。もう少し詳しく言うと、ナスの花は葉腋ではなく茎に直接つき、ナスの実はその花からできた巨大なベリーとも言うべきものだ。また栽培種であっても、茎に何本かまばらにとげがついている。これは祖先である野生種が、草食動物に食べられないように三センチもの長さのとげをつけていた名残だ。

緑色のがくがついた紫の洋ナシ形のナスがアメリカでは一番人気だが、紫色のがくの細い東洋種は人気で劣るのに、なぜか味はこちらのほうがいい。東洋種のナスがおいしいのは種の成熟がゆっくりで、あっという間に種が固くなるアメリカの品種と比べて苦味が出にくいのも一因だ。種が成熟すると、ナスはおいしくなくなってしまう。皮が茶色くなってしなびてきた熟れすぎのナスは種が大きく、果肉は食べられないほど苦い。

しかし同じナスを食べる仲間でも、私たちとは違ってそれほど味にうるさくないものもいる。ジャガイモの害虫であるコロラドハムシは、じつはジャガイモよりナスのほうが好きだと言われている。アメリカ昆虫学会の設立に寄与し、三冊からなる非常に評価の高い『アメリカの昆虫学（*American Entomology*）』（一八二四～二八）を著したトマス・セイが、一八二三年にこの甲虫を最初に報告した。セイはフィラデルフィア自然科学アカデミー（現ドレクセル大学自然科学アカデミー）で主任昆虫学者を務め、昆虫を採集する旅に出ていないときは博物館の収蔵物である馬の骨格標本の下でよく寝ていたという。

セイが発見した当時、この甲虫はまだ無害な存在で、バッファローバーというコロラド川流域に生えているナス科の草を食べていた。しかし一九世紀中頃に西部への開拓民たちが植えたジャガイモに出会い、さらに貪欲にこれを求めて東に向かったところ、おいしいナス、ペッパー、トマトにも出くわした。これらを食べつづけながらコロラドハムシは一八六四年にイリノイ州、一八六九年にオハイオ州、一八七四年に東海岸、一八七六年にはなんと大西洋を渡ってヨーロッパに到達している。

コロラドハムシの成虫は体長一・五センチほどで、黒と黄の縦縞が入っている。動きはどちらかといえば鈍く、ある英国人庭師が提唱した方法に従えば十分駆除可能だ。その方法とは「動きが鈍い場合は踏みつぶしなさい。そうでない場合は放っておけばいい。別の虫を殺してくれるかもしれない」というものだ。

それはそれで効果的だが、大規模な商業的栽培においてはとてもできないので、農民たちは代わりに砒素系の農薬パリスグリーンを使った。最初にパリの下水で殺鼠剤として使われたことから名づけられたさわやかな響きのパリスグリーンは、カール・サンドバーグの『ルータバガ・ストーリーズ（*Rootabaga Stories*）』（一九二二）の一篇『糖蜜のジョッキを持った三人の少年と秘密の野望（*Three Boys With Jugs of Molasses and Secret Ambitions*）』に登場する。タイトルの三人の少年たちは、こぼれた糖蜜に足を踏み入れると体が甲虫くらいの大きさに縮み、コロラドハムシの国を訪れた。三人はそこで雲の村に行ったり汽車に乗ったりとすばらしい冒険を繰り広げるが、ミスター・スニガーズが畑に植えたジャガイモにパリスグリーンを噴霧しているところに出くわして、そのしずくを頭に浴び、もとの大きさに戻ってしまう。

しかし現実世界では、パリスグリーンのしずくを頭に浴びたら大変なことになる。この農薬は害虫駆除に約三〇年間使われたあと、一八九二年にさらに強力な砒酸鉛にとって代わられた。どちらの場合も効果を得るために〇・四ヘクタール当たり四・五～四五キログラムと大量に使用されたので、被害も大きく、虫だけでなく鳥や家庭のペット、まれに人間が死ぬこともあった。

今日使われている最新の害虫駆除薬は毒素を生成する微生物である土壌菌（学名 *Bacillus thuringiensis*）で、いわゆる「生物農薬」だ。これは消化管の中で作用する毒で、非常に指向性が高くターゲットとする昆虫だけにしか効かないので、犬や子どもなどのほかの生き物に害が及ぶことがない。しかし小規模の栽培においては、今でも手作業で駆除が行われている。一匹ずつこの虫をつまみあげ、石鹸水を入れた空き缶の中に落としていくのだ。

第10章　レタス
不眠症の人を眠らせる

皇帝の驚くべき回復
「天使の喉」と呼ばれた料理
おしゃれなフランス風サラダ
ジェファーソン家の月曜日の習慣
ソクラテスが毒を飲んだスプーン

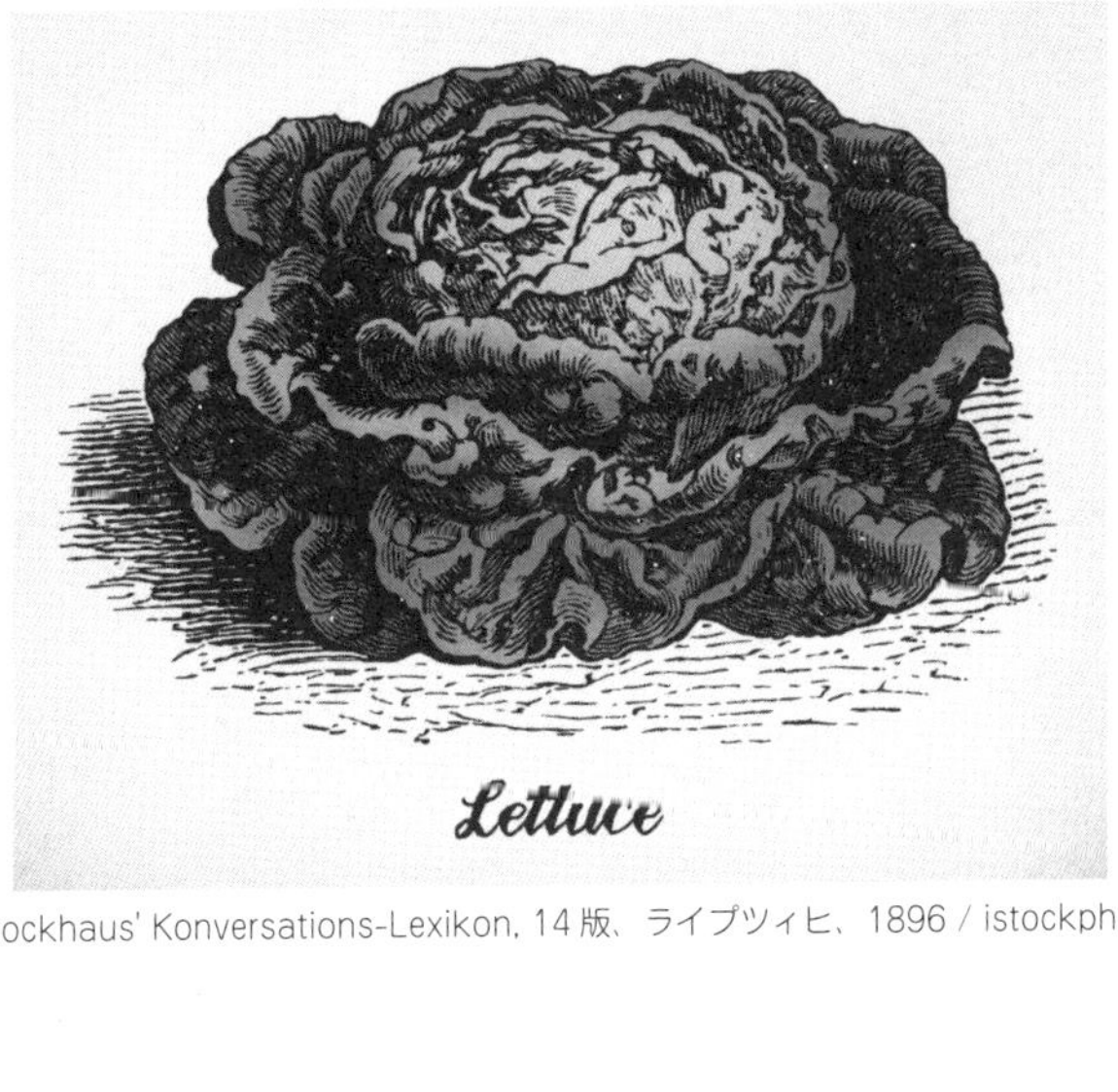

Brockhaus' Konversations-Lexikon, 14版、ライプツィヒ、1896 / istockphoto

「レタスは神聖なものだ。けれど、これが本当に食べ物なのかどうか、私にはわからない」
——ダイアナ・ヴリーランド（『ヴォーグ』誌の編集長）

レタスの消費量は着実に伸びている。最近のアメリカ人はひとり当たり年間一四キログラムほど消費しており、二〇世紀に人々があまり野菜を食べなくなったときと比べて五倍以上の量となっている。最近の軍隊内における食の嗜好調査でも、グリーンサラダは肉、ジャガイモ、アイスクリームといった伝統的に無敵を誇った食品より上にランクインしている。

レタスが非常に健康的な食べ物でダイエットにいいということには、誰もが賛成する。一カップでたった八キロカロリーしかなく、チーズケーキひと切れ分と同じカロリーをとろうと思ったら二七キログラムも食べなくてはならない。また昔から、ほかにもさまざまな健康面での効用があるとされてきた。大プリニウスは野生種のレタスを海に投げこんだらあたり一面魚が死に絶えるなどと恐ろしいことを言っておきながら、歯が痛いときはこれで口中をきれいにするといいだとか、軟膏にして怪我、サソリの刺し傷、クモの噛み傷に塗るといいとすすめている。彼はまたレタスは毒を中和し（ただし残念だが鉛白は除く）、消化を助け、火傷、膀胱感染症、不眠症を治すとも述べている。いずれにしても、この野菜には何らかの効き目があったようだ。原因不明の病に衰弱したアウグストゥス帝は、レタスを食べて冷水の風呂に浸かる生活を続けて回復したという。また二、三世紀のローマ皇帝たちの伝記集である『ローマ皇帝群像』によると、タキトゥス帝もレタスに助けられていたひとりであるらしい。ワインは一日に〇・五リットル以下、パンには何もつけず、金や宝石は控え（特に壁飾りや妻の装飾用）、誕生日にしかキジ肉を食べないなど、この皇帝は典型的な節制生活を送っていた。しかしレタスだけは大量に摂取すると夜よく眠れると主張して、「けちけちせずに思う存分食べていた」という。

古代から、レタスには催眠効果があるとされてきた。寝る前にボウルに一杯食べれば、ひと晩中ぐっすり眠れると言われている。これには根拠がないわけではなく、根元をカットするとにじみでてくるミルクのような液体に秘密は隠されている（大プリニウスはこれを「粘液」と呼んだ）。レタスの学名である *Lactuca* はこの白い液体に由来している。ラテン語のラクは「ミルク」という意味なのだ。

もちろんこれはミルクなどではなくラテックスという乳濁液で、ゴム、タンポポ、サポジラといった植物において作られる。サポジラからとれる白くて粘り気のあるラテックスはチクルと呼ばれ、最初のチューインガムの原料となった。ラテックスには多くの長鎖炭化水素ポリマーが含まれていて、それらの一部がほどよい弾力性を持っている。つまり長く引き伸ばしても、手を離すと一気にもとに戻る。第二次世界大戦中、ロシアは天然ゴムが手に入らなくなって、タンポポのラテックスから十分使用に耐える代用品を作りだした。だからもっと研究が進めばレタスのラテックスからも、自転車のタイヤはコストがかかりすぎて無理かもしれないが、ときどき輪ゴムを作るくらいならできるようになるかもしれない。

野生種のレタス（学名 *Lactuca virosa*）のラテックスにはテルペン入りのアルコールが含まれていて、食べると眠くなるので「レタスアヘン」という大げさな呼び名がつけられた。レタスのラテックスを乾燥させて丸めたものは、中世のイングランドで睡眠薬として使われた。作用を強めるためヒヨスやケシがまぜられることもあった。またレタスの乾燥ラテックスはレタスティーとも呼ばれ、植民地時代のアメリカで同様に使われた。ラクツカリウムとして知られる穏やかな効き目の催眠成分は野生種のレタスの抽出物から作られ、第二次世界大戦中に病院で使われた。

一九七〇年代には喫煙できるように加工したレタスアヘンが一時的に流行し、「オピウム・アンド・レタシン」というブランド名で「違法になる前にレタスを買おう！」というキャッチコピーをつけて売りだされた。しかし結局これが違法になることはなく、世間の興味も長くは続かなかった。おそらく商品化されたレタスアヘンの中にはたいした有効成分が含まれておらず、さほど効果が得られなかったのだろう。

それでもひとつ言えることがある。レタスの催眠効果は反媚薬としての評判にひと役買ったのだろうということだ。一世紀、ローマ皇帝の暴君ネロの時代に軍医を務めた古代ギリシャ人博物学者ディオスコリデスは、レタスは孤独な下士官兵がみだらな夢を見ないように守ると記している。英国の日記作家ジョン・イーヴリンの『アケータ―リア：サラダについての本（*Acetaria: A Discourse of Sallets*）』（一六九九）はサラダ用の緑の野菜の数ある長所のひとつとして、「道徳心、自制心、貞操に対するよい影響」を挙げている。危機感を抱いたエリザベス朝時代のある人物は、次のような反レタスの警告を発している。「結婚した男女が毎日大量にレタスを食べると、何とも都合の悪い不快な状況に陥ることになる。子どもができにくくなり、できてもその子は怠惰で無能かつ怒りっぽい人間になる」

このように睡眠剤、麻薬として数々の熱狂的なファンを生んできたレタスだが、古代エジプト人だけはまったく違う立場をとった。彼らはレタスをいわばバイアグラだと考え、羽根の冠をかぶって屹立した巨大な男性器を持つ漆黒の生殖神ミンに捧げた。同じ植物についてヨーロッパ人とエジプト人がまったく正反対の効能を認めたのはなぜか、イタリアの民族植物学者ジョルジョ・サモリーニが研究している。彼はエジプトの浮き彫りの図柄を調べ、ミン神のレタスはトゲチシャという苦味のある二年生の植物だと断定した。今でも温帯に広く自生しており、現在の栽培種の祖先だと考えられているものだ。

固くてとげのあるトゲチシャは　牧草地では嫌われている。若いトゲチシャを食べて育った牛は肺気腫を発症しやすくなるのだ。しかしこのレタスのラテックスには植物由来の化学成分フィトケミカルが豊富に含まれている。では性的効果はどうなのかというと、摂取量によるとサモリーニは主張している。彼いわく、摂取量が少ない場合にはセスキテルペンラクトン類のラクチュシンとラクチュコピクリンが優勢に働く。これらはレタスの苦味成分で虫に食べられないように身を守るためのものだが、人間に対しては鎮静効果を発揮する。しかし摂取量が多い場合にはコカインと似たトロパンアルカロイドが作用して、陶酔感、気分の高揚、性的興奮をもたらす。要するにヨーロッパ人は十分な量のレタスを食べていなかったのだと、サモリーニは結論づけている。

レタスはデイジーやヒマワリと同じキク科の植物で、一六〇〇属二二〇〇〇種を擁するこの科にはマリーゴールド、キク、百日草、キクイモ、タンポポ、ニガヨモギ（リキュールのアブサンの原料）など庭を彩る多くの植物が属している。遺伝子分析及び自生地の分布調査によるとレタスの原種であるトゲチシャは東トルコかアルメニア原産で、ゆっくりと時間をかけて栽培化されたが、おそらく最初はサラダとして葉を食べるのが目的ではなく、種子から油をとるために作られていた。

怪しげな話も多い古代ギリシャの歴史家ヘロドトスの『歴史』によれば、原種と比べて苦味やとげが少なく、葉の大きい栽培種のレタス（学名 *Lactuca sativa*）は、紀元前五五〇年頃にはペルシャ王の食卓にのぼっていた。古代ギリシャ人はサフランとオリーブオイルで和えてこれを食べ、春のアドニア祭ではムギやレタスなどを植えた「アドニスの園」と呼ばれる鉢を持って通りを歩いた。帝国の拡張とともに、レタスを広めた古代ローマ人は贅沢をきわめた宴会を、食欲を増進し消化管の働きを活発にするレタスで始めたという。そのあとにはラクダのかかと、フラミンゴの舌、詰め物をしたウグイス、魚の発酵調味料で料理したイソギンチャクといった料理が次々と続いた。レタスは火を通したり酢漬けにしたりして食べることもあった。古代ローマの料理本『アピキウスの料理帖』には、レタスを酢と塩水で和えた「野原のサラダ」と、ショウガ、ヘンルーダ、大きなナツメヤシ、コショウ、蜂蜜、クミンをたっぷり使った「無害なサラダ」のふたつのレシピが載っている。

古代ローマで好まれた野菜が帝国の没落とともに姿を消す中で、レタスが北ヨーロッパで廃れることがなかったのは、その薬としての評判の高さからだったのかもしれない。一五世紀初めの『健康全書』には、リーフレタスをしっかりと持った青い服の金髪女性の絵とともに、レタスは「性交や視力に」有害だという警告が記されているが、セロリと一緒に食べれば害は軽減するとつけ加えられている。昔のイングランド人は、野菜好きとはとても言えなかった。エリザベス女王は朝食にビーフやマトンやウサギの肉のパイを食べ、テューダー朝の正式な晩餐は肉、魚、パン、ビール、そしてデザートにオレンジを少しというものだった。

この頃にはレタス、キャベツ、ホウレンソウ、ラディッシュといった野菜もあったが、「そこらで引き抜いてきた草や根っこ」は飢えた貧しい者たちのための食べ物だと考えられ、それどころか「人間よりも豚や猛獣に適した食べ物」と見なされたりもした。セックスに対する欲求を抑えるとの評判が変わらないことも、レタスにとっていい方向には働かなかった。それでも一七世紀のフランス人は、果敢にレタスを食べていた。「天使の喉」という意味のゴルジュダンジュはレタスの中心部分を甘く煮た料理だったし、精力的なルイ一四世（子どもが七人いた）はタラゴン、ルリハコベ、バジル、スミレで香りをつけたレタスのサラダが好きだった。ジョン・イーヴリンは『アケータ―リア：サラダについての本』でレタスを「高貴な植物」と呼び、当時の栽培種を紹介している。キャベツ、コスレタス、カールレタス、オークリーフレタスなど私たちにもなじみのあるもののほかに、パッションという当時としては奇妙な名の品種もあった。

有名な美食家のアンテルム・ブリア＝サヴァランの『美味礼賛』（一八二五）によると、ひとりの非常に貧しいフランス青年がイングランド人にサラダを提供することで巨万の富を

モンティチェロの月曜日

レタスが大好物だったトマス・ジェファーソンはモンティチェロで一五もの品種を作らせ、毎日新鮮なレタスを食べるために、毎年二月一日から九月一日まで必ず月曜日の朝には指ぬき一杯分の種を蒔くよう命じていた。メアリー・ランドルフが、彼の食べるサラダをどうやって作っていたかを書き残している。毎朝一番にレタスを畑からとってきて、冷たい水に浸けておく（氷水ならなおよい）。夕食の直前に取りだして水を切り、食べやすく切ってボウルに入れる。そして卵、油、塩、砂糖、マスタード、タラゴンビネガーで和えるというものだった。

モンティチェロでよく栽培されていたのは、葉の縁が赤い結球レタスのダッチブラウン、ごく小さな結球レタスでそれぞれのサラダに丸ごと入れるのが人気だったテニスボール、六月上旬に結球する現代の栽培種アイスバーグの祖先であるアイス、コモンキャベツレタスとも呼ばれるホワイトローフ、それからマルセイユなどだった。

築いた。ある日ロンドンのレストランで、ムッシュー・ダルビニャックが若い男性グループの前でサラダ用のドレッシングをまぜあわせた。するとそのパフォーマンスが受けたうえ、味もよかったので、グローヴナースクエアの屋敷でもしてほしいと頼まれた。その後依頼が殺到して「おしゃれなサラダ職人」と呼ばれるようになったので、ダルビニャックはあちこちのディナーパーティーをまわるために馬車を買い、専用のマホガニー製のケースにドレッシング用の材料を詰めて運んだ。たっぷり儲けてフランスに戻った彼は土地を購入し、「私の知る限り」いつまでも幸せに暮らした、とブリア＝サヴァランはおとぎ話のように締めくくっている。

アメリカへはコロンブスが持ちこみ、一四九三年に西インド諸島に植えた。レタスはすぐに育つので、新鮮な野菜に飢えている船乗りたちにはありがたい作物だった。一六一九年にフランスの探検家サミュエル・ドゥ・シャンプランたちはメイン州のセントクロイ川に浮かぶ島にこれを植え、何年かあとに英国の探検家ジョン・スミス船長も「六月と七月にサラダを食べるため」にこの島でレタスを栽培した。ヨーロッパからの最初の入植者たちも、サラダ用の野菜の種を持ちこんだ。一六三一年にのちにコネチカット植民地総督となるジョン・ウィンスロップ・ジュニアが種苗業者から受けとった請求書には、レタスの種八五グラムが記載されている。

一七世紀から一八世紀には、レタスは家庭菜園で盛んに栽培されるようになった。ジョージ・ワシントンのマウントヴァーノンでは、〇・四ヘクタールの菜園を六一区画に分けたうちの一六区画でレタスを栽培していた。客としてここを訪れた人物がワシントンとともにとった夕食について、「小ぶりの豚の丸焼き、ゆでたラムの脚、ローストチキン、ビーフ、エンドウマメ、レタス、キュウリ、アーティチョーク、プディング、タルトなどが供され、結構なものだった」と記している。しかし別の人物はこれほど高く評価せず、ワシントンの屋敷で出されたサラダにはオリーブオイルが使われていなかったと不満げに述べている。

一八〇六年に種苗業者のバーナード・マクマホンは『庭師の暦（*Gardener's Calendar*）』で、アメリカ人はレタスを六種しか栽培していないと述べているが、一八二八年のニューヨークの種苗業者グラント・ソーバーンのカタログでは一三種、一八八〇年代になると品種は一〇〇以上にまで増えている。この頃の種苗カタログには、現在の栽培種の主要な四タイプがすでに出揃っている。キャベツ（結球）タイプ、バターヘッドタイプ、リーフレタスタイプ（非結球）、コス（ロメイン）タイプで、一九世紀終わり頃には結球タイプ（学名 *Lactuca sativa var. capitata*）が世界的に最も好まれるようになった。カタログを見るとそれがよくわかる。たとえばW・アトリー・バーピー社の一八八八年のカタログでは、結球タイプが二四、半結球のコスタイプが三となっている。ヴィルモラン＝アンドリュー社のカタログ『菜園』では、結球タイプが五六、コスタイプが一七、非結球タイプが四（「スモールあるいはカッティングレタス」の名で）だった。

結球レタスは中世になって登場したが、うまく作るのは難しかったようだ。一五七〇年代のものとして唯一残っている栽培のコツが、うまく結球させるためには若い苗を足で踏みつければいいというものだからだ。そのほかにも「香りの強いレタス」を作るために種をシトロンの種に埋めこむ方法だとか、「風味のいいレタス」にするなら夜に甘いワインを水代わりにやるといいといったコツもあった。しかし結球タイプはほかのタイプと比べてそもそも味や香りが劣るものなので、いくらワインをやっても効き目がなかったに違いない。「ヴァージニアの一市民」――じつはトマス・ジェファーソンのいとこのジョン・ランドルフではないかと言われている――によって書かれた『園芸論』（一七六五）には、「私に言わせれば、すべてのレタスの中でもこのタイプは最悪だ。水っぽくて見かけ倒し、ほかのものほど大きくならず、すぐに種を作る」と書かれている。結球タイプのレタスは外見の似た結球キャベツと同様、ほとんどの場合スープに使われたようだ。

味や香りで劣るという議論とは関係なく、結球タイプのレタスは今でもアメリカ人のあいだで一番人気があり、この薄緑色の砲丸のような野菜はカリフォルニアから東へと休みなく出荷されつづけている（カリフォルニアは国内の結球レタスの七〇パーセントを生産している）。結球タイプの中でも原種に近くて「レタスらしい」品種がバターヘッドレタスで、巻きが緩くふんわりとしているので、バターに似ているという発想になったようだ。このタイプの中で最もよく知られているのは、ボストンレタス（サラダ菜）とビブレタス。ケンタッキーライムストーンとも呼ばれるビブレタスは一八〇〇年代の終わり頃ケンタッキーのジョン・J・ビブが作りだした品種で、アメリカの三冠（競馬）のひとつであるケンタッキーダービーのときの朝食にも使われる。

ロメインレタスとも呼ばれるコスレタス（学名 *Lactuca sativa var. longifolia*）は、芯の部分の周りに葉が直立しながら巻きついていくが、その結球は緩く縦長で円柱状である。それぞれの葉は縦に長い楕円形で、キッチンにある味見用スプーンのような形をしている。ソクラテスがドクニンジンの汁を飲むときに使ったのはロメインレタスの「スプーン」だったという説もある。

通称であるロメインの由来は「ローマの」という意味のローマン、より古くから使われているコスという名称の由来はギリシャのコス島である。古代ローマ人がこのやや辛みのあるレタスをコス島で見つけたため、そう呼ばれるようになった。フランスには一三〇〇年代に、教皇座が移ってきたときに伝わった。政治的介入によりイタリアからフランスのアヴィニョンに移らざるを得なくなったローマ教皇の一行は、いろいろな野菜を持参したのだ。フランス語風に「ロメーヌ」と呼ばれるようになったこのレタスは大変な人気となったので、フランス国外では「パリレタス」と呼ばれることもあった。この流れをくむ品種パリホワイトコスは、今でも作られている。

ロメインレタスが中国に伝わったのは一七世紀で、皇帝支配下の地域に選り抜きの野菜を差しだすよう求めたからだった。このときビーツ、春タマネギ、ホウレンソウ、ロメインレタスといった野菜が、皇帝に捧げられている。当時極東では、ワインのような味がするということでワイン野菜として知られていた。かつて古代ローマで食べられていたこのレタスは、現代ではシーザーサラダの欠かせない材料となっている。

非結球タイプであるリーフレタス（学名 *Lactuca sativa var. crispa*）はさらに味がいい。結球しない葉は平らだったり縮れていたり二重のフリルになっていたりとバラエティーに富み、葉の色も明るい緑、暗い赤、ブロンズとさまざまで、サラダにするとおいしいだけでなく見た目も美しい。この種類のレタスは、少しずつ葉を摘むと次々に新しい葉が出てくるので、夏のあいだ何度も収穫できる。

このタイプの中で常に人気なのがブラックシーディッドシンプソンで、一八六四年にA・M・シンプソンが作りだした。オークリーフレタスはさらに前からあり、葉の形が裂け目の入ったオークの葉のようなのでそう名づけられた。ディアタンという魅力的な品種は、とがった葉の形を見て鹿の舌を思い起こした人がいたのだろう。一九七三年に、非結球レタスは植物の種子として初めて特許を取得するという、歴史的偉業を成し遂げた。これは、植物品種保護法に基づいて連邦政府が植物の品種に対して与えるものだ。ほかにもW・アトリー・バーピー社のグリーンアイスという品種もあり、クリノリン（馬の毛を使った堅いリネン）に似た深緑色のこのレタスは「跳び抜けて味がよく見栄えがいい」そうだ。

レタスの色はルビーレッドからパールホワイトまでさまざまだが、最も親しまれているのはもちろん緑色である。緑色といえば一ドル紙幣の色なので、「レタス」は一九二九年以来紙幣を指す隠語として使われている。植物の緑色はクロロフィル色素に由来する。クロロフィルはテトラピロール環の中心にマグネシウムが配位した基本構造となっており、人間や動物の赤血球にある鉄を持ったヘム分子と構造が似ている。クロロフィルは現在a、b、c、d、fの五つのタイプが発見されていて、それぞれが少しずつ異なる波長の光を吸収する。

たとえば二〇一〇年に発見されたばかりのクロロフィルfは、七〇六ナノメートル付近に活発な吸収帯を持つが、これは人間の可視領域と赤外領域の境に限りなく近く、それまでに発見されていたクロロフィルでこの領域の光に反応するものはなかった。高等植物に含まれるクロロフィルのうち最も一般的なのはクロロフィルａで、この魅力的な明るい青緑色の色素は光領域の赤の部分の中心である六六二ナノメートルの波長の光を効果的に吸収する。酸素分子がふたつの水素と置き換わるとクロロフィルａがオリーブグリーンのクロロフィルｂに変化するが、クロロフィルａのおよそ半分においてこの現象が起こる。クロロフィルｂは青い光、特に四五三ナノメートルの波長の光を好む。

クロロフィルはさまざまなカロテノイド色素とともに、太陽光から吸収したエネルギーを使って水と二酸化炭素から糖類を合成する光合成と呼ばれるプロセスを行う。レタスもそうだが、植物の葉はこの目的のために進化したもので、太陽光をなるべくたくさん吸収できるように広く平らな表面にクロロフィルが数多く集まっている。

一九五〇年代に、クロロフィルは食糧生産に貢献するという本来の役割からはかけ離れた部分で、世間から大きな注目を集めた。消臭効果である。発端はベンジャミン・グラスキンの研究だった。フィンランド人の彼はテンプル大学のれっきとした博士で、一九三〇年代に今ではクロロフィリンとして知られている半合成水溶性クロロフィルを作りだした。グラスキンはこれをさまざまな感染症の治療に使うことを目指して実験を行い、腹膜炎、脳の膿瘍、火傷、潰瘍さらには普通の風邪など幅広い症状に効果があるという結果を得た。しかしその後、別の機関で行われた実験――アメリカ陸軍によるものもあった――では大幅な効果は認められず、製薬会社はグラスキンの作った物質ではなく抗生物質の研究を進めると決定した。

しかし水溶性クロロフィルはオニール・ライアン・ジュニアというアイルランド人の注意を引き、彼は一九四五年にグラスキンの発見を使用する特許を取得した。そしてライアンが最初に作った製品がクロロフィル入りの練り歯磨きで、ペプソデント社が一九五〇年にグリーンクロロデントという名で売りだした。次はクロロフィル入りのドッグフードだった。クロロフィル入り商品に飛びつく消費者に支えられて、その後二年間にわたりチューインガム、マウスウォッシュ、制汗剤、タバコ、石鹸、シャンプー、化粧水、バブルバス、ポップコーン、おむつ、シーツ、ソックスなど、クロロフィルを使ってあらゆる商品が製造された。パイプ用のタバコは「アルファルファのようにすがすがしく」パイプを保つとされ、イタリアのファッションデザイナーのスキャパレッリはコロンを作った。

けれどもクロロフィル入りのサラミやビールが造られようとしたところで、とうとう食品医薬品局が乗りだして、クロロフィルに消臭効果があるという「確証」はどこにもないと宣言した。『アメリカ医師会誌』は、ヤギはほぼクロロフィルだけを糧に生きているがひどいにおいがすると慎重に指摘した。一九五三年に『英国医師会誌』は、グラスゴー大学の化学者の論文を掲載した。スカンク、タマネギ、ニンニクのにおいや人間の体臭に対するクロロフィルの効果について系統だった実験を行った結果、まるで効果がないと結論づけるものだった。こうして熱に浮かされたような流行はだんだんと下火になり、クロロフィルは本来の働きに専念することとなった。

葉に光が多く当たれば当たるほど、より多くの光エネルギーを処理するためにクロロフィルやカロテノイド色素が増え、葉の色が濃くなる。だから結球レタスの葉は外側ほど色が濃く、内側の光に当たらない部分は色素がなく白っぽい。色の濃い外葉ほどビタミンAの前駆体であるカロテノイド色素（ベータカロテン）が多いので、栄養的に優れている。緑の葉では、通常カロテノイド分子はクロロフィル分子四〜五個にひとつの割合で存在している。これは非結球レタスで言うと、一〇〇グラム（約一〇枚分）あたり一九〇〇IU［ビタミンやホルモンなどの生体に対する効力を数値化した単位］とかなり多い量である。バターヘッドレタスにはその量は半分となり、内側に光が当たらない結球タイプの場合は六分の一にまで減ってしまう。レタスにはカルシウムやビタミンCも含まれているが、同じ順にやはり含有量は減っていく。

またレタスは非常に水分が多く、その量は重量比で九五パーセントとなっている。歯触りのよさはこのおかげで、水分を多く含んで膨張した細胞がぎゅうぎゅうにくっつきあっているので、新鮮なレタスを噛むとパリパリと音がするのである。しかしこれは逆に言うと、水分を失ってしなびやすいということでもある。そこで現代の消費者は、高湿度設計の野菜室でレタスを保存したりする。

だが、やはり一番いいのは、畑からとったばかりの新鮮でパリパリしたレタスを食べることだ。一七世紀には「サラダ野菜を収穫する」というのは「とるに足りないつまらない仕事をする」という意味だったが、幸い今はそんな使われ方をしていない。「サラダ野菜を収穫する」のは「日が照っているうちに干し草を作る」のと同じ意味を持つ。足元に草が生えるような怠け者ではなく、好機を逃さない働き者だということなのだ。

注

第1章　アスパラガス

＊火星の土壌におけるアスパラガスの適合性についての報告は、タフツ大学 *Tufts University* のフェニックス湿式化学研究所 *Phoenix Wet Chemistry Lab* (WCL) が作成した。WCLのウェブサイト *http://planetary.chem.tufts.edu/Phenix/WetChemLab.html* を参照するとよい。

＊*Apicius* 別名 *De Re Coquinaria* はローマ最古の料理本で、収められている多くのレシピは紀元一世紀のものだが、紀元四世紀に編纂された。著者は異論もあるが一応マルクス・ガヴィウス・アピキウス *Marcus Gavius Apicius* だとされていて、古代ローマのティベリウス帝の時代に活躍した有名な美食家である彼は、頻繁に贅沢なパーティーを催した。現存するレシピの英語訳を *http://penelope.uchicago.edu/thayer/E/Roman/Texts/Apicius* で閲覧可能。

＊二日酔いについては詳しくは、*Joan Acocella* の "*A Few Too Many*" (*The New Yorker, May 26,* 2008: 32–37)を参照のこと。

＊アスパラガスの対二日酔い効果については、*Kim, B. Y., Z. G. Cui, S. R. Lee, S. J. Kim, et al.* "*Effects of Asparagus officinalis Extracts on Liver Cell Toxicity and Ethanol Metabolism.*" *Journal of Food Science, 74, no. 7 (September 2009): H204–H208* を参照のこと。

＊黒い鳥ことジルヤーブの生涯については、*Saudi Aramco World,* 54, *no.* 4 (*July/August* 2003): 24–33 に掲載された *Robert W. Lebling, Jr* の "*Flight of the Blackbird*" を参照のこと。記事は *www.scribd.com/doc/*22570702 *Flight-of-the-Blackbird-Saudi-Aramco-World-Jul-Aug-*2003 にてオンラインで閲覧可能。

＊サミュエル・ピープス *Samuel Pepys* の日記の全文は *www.pepysdiary.com* にてオンラインで閲覧可能。

＊ユーエル・ギボンズ *Euell Gibbons* の *Stalking the Wild Asparagus* (*25th anniversary ed., Alan C. Hood & Co.,* 1987) は自然への回帰と自然食を称えており、一九六〇年代から現在に至るまで環境保護主義者に人気を博している。

＊マリオット・エドガー *Marriott Edgar* の詩 "*Asparagus*" の全文は、*www.poemhunter.com/poem/asparagus* にて閲覧可能。

＊メアリー・ランドルフ *Mary Randolph* の *The Virginia Housewife, Or, Methodical Cook* (*Dover,* 1993. *First published*

1824) の全文は、www.fullbooks.com/The-Virginia-Housewife.html にて閲覧可能。

＊ベルナール・ル・ボヴィエ・ドゥ・フォントネルと彼の卒中を起こした客人の話は、ウェイヴァリー・ルート *Waverley Root* の *Food* (Simon & Schuster, 1980) を参照のこと。

＊ベンジャミン・フランクリン *Benjamin Franklin* の *Fart Proudly* は *Fart Proudly: Writings of Benjamin Franklin You Never Read in School.* (Carl Japikse, ed. Frog Ltd., 2003.) に収録されている

＊アスパラガスが尿に与える影響についての科学的分析は、*Harold McGee* の *The Science and Lore of the Kitchen* (rev. ed., Scribner, 2004): 314–315 を参照のこと。また *Mitchell, S.C* の "*Food Idiosyncrasies: Beetroot and Asparagus.*" *Drug Metabolism & Disposition* 29, *no.* 4 (2001): 539–543 は、*http://dmd.aspetjournals.org/content/29/4/539.full* にて閲覧可能。

＊ *Waring, R. H., S. C. Mitchell, and G. R. Fenwick* の "*The Chemical Nature of the Urinary Odour Produced by Man After Asparagus Ingestion.*" *Xenobiotica* 17, *no.* 11 (*November* 1987): 1363–1371

＊アスパラガスの発見についての記述は *Street, H. E. and G. E. Trease.* の "*The discovery of asparagine.*" *Annals of Science* 7, 1951: 70–76 を参照のこと。

＊対ドラッグ戦争によってアメリカのアスパラガス農家がこうむった苦しみについては、*Timothy Egan* の "*War on Peruvian Drugs Takes a Victim: U.S. Asparagus*" *The New York Times*, 25 *April* 2004 に詳しい。

＊アン・デ・マーレ *Anne de Mare* とカーステン・ケリー *Kirsten Kelly* の映画 *Asparagus!* に関する情報は、*www.ironweedfilms.com/films/asparagus* あるいは *www.asparagusthemovie.com* にて入手可能。

＊ロカヴォアのウェブサイトは *www.locavores.com*。

＊地産地消についてのさらに詳しい情報は、*Alisa Smith* と *J. B. MacKinnon* の *Plenty:Eating Locally on the* 100-*Mile Diet* (*Three Rivers Press*, 2007)、*Barbara Kingsolver* の *Animal, Vegetable, Miracle: A Year of Food Life* (*HarperCollins*, 2007)、*Ben Hewitt* の *The Town That Food Saved: How One Community Found Vitality in Local Food* (*Rodale Books*, 2009) を参照のこと。

第2章　インゲンマメ

＊ビーンズの歴史に関しての全般的情報は、*Ken Albala* の *Beans: A History* (*Berg*, 2007) に詳しい。

＊北アメリカ東部における作物の栽培化についての情報は、Smith, Bruce D. "Eastern North America as an Independent Center of Plant Domestication." Proc. Natl. Acad. Sci. 103, no. 33 (15 August 2006): 12223–12228、及び Bruce D. Smith の Rivers of Change (Smithsonian Institution Press, 1992) を参照のこと。

＊ソラマメに関する全般的情報は、Raymond Sokolov の "Broad Bean Universe." Natural History, December 1984: 84–86 に詳しい。

＊ Umberto Eco の "How the Bean Saved Civilization" と題した記事は、The New York Times Magazine, 18 April 1999: 36–42 に掲載された。

＊窒素と窒素固定に関する情報は、John Emsley の Nature's Building Blocks: An A-Z Guide to the Elements (Oxford University Press, 2001), 287–293、及び Lubert Stryer の Biochemistry (W. H. Freeman, 1995), 713–716 を参照のこと。

＊ Christine Goldberg は Marvels & Tales, 15, no. 1 (2001): 11–26 に掲載された "The Composition of 'Jack and the Beanstalk'" において Jack and the Beanstalk（ジャックと豆の木）の歴史について論じている。これは http://muse.jhu.edu/journals/mat/summary/v015/15.1goldberg.html でも閲覧可能。『ジャックと豆の木』及び同じような種類の話の歴史は SurLaLune Fairy Tales のウェブサイト www.surlalunefairytales.com/jackbeanstalk/history.html にて閲覧可能。

＊バビロニアの料理に関する石板の画像や情報は、J・P・モルガンからの寄贈で一九〇九年に設立されたイェール大学のバビロニアンコレクションで見ることができる。ウェブサイトは www.yale.edu/nelc/babylonian.html。

＊ソラマメと人間の不安定な関係については、Katz, Solomon H. の Fava Bean Consumption: A Case for the Co-Evolution of Genes and Culture に詳しい。出典は Marvin Harris and Eric B. Ross 編による Food and Evolution: Toward a Theory of Human Food Habits（Temple University Press, 1989, 133–162）。

＊ Melody Voith は Chemical & Engineering News, 83, no. 25 (June 2005) の Top Pharmaceuticals That Changed the World というテーマの特集内における "L-Dopa" のカテゴリーで、L-ドーパを生化学的に論じている。

＊ Le Menagier de Paris (1393) は、Janet Hinson による英語訳が www.daviddfriendman.com/Medieval/Cookbooks/Menagier/Menagier.html にて閲覧可能。また Gina L. Greco と Christine M. Rosa 訳の The Good Wife's Guide (Le Menagier de Paris): A Medieval Household Book(Cornell University Press, 2009) もある。

＊ Alexander Lobrano によるカスレの歴史 "Spilling the Beans" は、Forbes magazine, 8 December 2008 に掲載された。

www.forbes.com/forbes-life-magazine/2008/1208/071.html にてオンラインでの閲覧も可能。

＊アメリア・シモンズ *Amelia Simmons* の *American Cookery* (1796) は *www.fullbooks.com/American-Cookery.html* にて閲覧可能。

＊アメリカ及び諸外国のビーンズの生産量の統計は、国連食糧農業機関 *the United Nations Food and Agriculture Organization* のウェブサイト *http://faostat.fao.org* で閲覧可能。

＊ *Jay D. Mann* の *How to Poison Your Spouse the Natural Way: A Guide to Safer Food (JDM & Associates, 2004)* は、シアン化物が含まれる可能性のあるビーンズなど、毎日の食事に含まれる有害成分について論じている。

＊腸内でガスを生じさせないビーンズについては、*David Cohen* の "*Irradiation Produces Low-Gas Beans*" (*New Scientist, 27 March* 2002) を参照のこと。

＊酸素に関する科学的分析、歴史、その益と害については、*Nick Lane* が *Oxygen: The Molecule That Made the World (Oxford University Press,* 2002) で論じている。また *John Emsley* の *Nature's Building Blocks: An A-Z Guide to the Elements (Oxford University*
Press, 2001*)*: 297–304 の "*Oxygen*" も参照のこと。

＊ *the U.S. Department of Agriculture's Nutrient Data Laboratory* による "*Oxygen Radical Absorbance Capacity (ORAC) of Selected Foods* — 2007" *(2007)* は検査結果を表形式にまとめた一覧表。*www.ars.usda.gov/sp2userfiles/place/12354500/data/orac/orac07.pdf* にて閲覧可能。また以下も参照するとよい。

＊ *Decker, Eric A., Kathleen Warner, Mark P. Richards, Fereidoon Shahidi* による "*Measuring Antioxidant Effectiveness in Food.*" *J. Agric. Food Chem.* 53, *no.* 10 (2005*)*:
4303–4310

＊ *Halvorsen, B. L., K. Holte, M. C. Myhrstad, I. Barikmo* らによる "*A Systematic Screening of Total Antioxidants in Dietary Plants.*" *Journal of Nutrition* 132, *no.* 3 (2002*)*: 461–471

＊ *Marandino, Cristin* の "*Eleven Healing Foods.*" *Vegetarian Times, June* 2002:56–61

＊ *Wu X., G. R. Beecher, J. M. Holden, D. B. Haytowitz, S. E. Gebhardt, R. L. Prior* による "*Lipophilic and Hydrophilic Antioxidant Capacities of Common Foods in the United States.*" *J. Agric. Food Chem.* 52 (2004*)*: 4026–4037

第3章　ビーツ

＊ビーツがどのくらい嫌われているかについては、ＡＯＬが行った「アメリカで最も嫌われている食品」の調査結果を *http://community.livejournal.com/about_food/76665.html* で閲覧可能。

＊嫌われている食品についてさらに別の調査結果を知りたい場合は、「アメリカで最も好かれていない食品」の調査結果を *www.slashfood.com/2009/02/02americas-least-favorite-foods* で閲覧可能。

＊ *Sullivan, Amy* の *"Food Phobias: How to Make Peace with Beets." The Atlantic, 6 July* 2010

＊ゲオスミンとビーツについての情報は、*Lu, G., C. G. Edwards, J. K. Fellman, D. S. Mattinson, J. Navazio* による *"Biosynthetic Origin of Geosmin in Red Beets (Beta vulgaris L.)" J. Agric. Food Chem.* 51, *no.* 4 *(2003)*: 1026–1029 を参照のこと。

＊ *R. R. M. Paterson, A. Venancio, N. Lima* による *"Why Do Food and Drink Smell Like Earth?"* は、*A. Mendez-Vilas* 編 *Communicating Current Research and Educational Topics and Trends in Applied Microbiology (Formatex, 2007)* : 120–128 に収録されている。*www.formatex.org/microbio/pdf/Pages120-128.pdf* にてオンラインで閲覧可能。

＊ *Ritter, Stephen K.* による *How Nature Makes Earth Aroma* は、*Chemical & Engineering News, 19 September* 2007 に掲載されている。この記事は *http://pubs.acs.org/cen/news/85/i39/8539notw8.html* にてオンラインで閲覧可能。

＊ *Stephen Nottingham* の電子書籍 *Beetroot* (2004) は *http://stephennottingham.co.uk/beetroot.htm* で閲覧可能。

＊カール大帝 *Charlemagne* の荘園令 *Capitularies* の抜粋は、*Professor Paul Halsall* の *www.fordham.edu/halsall/sbook.html* にて *Internet Medieval Sourcebook* からオンラインで閲覧可能。

＊ *Pierre Riche* の *Daily Life in the World of Charlemagne (University of Pennsylvania Press,* 1988*)* も参照のこと。

＊ビーツに由来するピンク色の尿については、*Drug Metabolism & Disposition* 29, *no.* 4 *(April* 2001*)*: 539–543 に掲載された *Mitchell, S. C.* の *"Food Idiosyncrasies: Beetroot and Asparagus"* を参照のこと。この記事は *http://dmd.aspetjournals.org/content/29/4/539.full* にて閲覧可能。

＊世界の主要作物の統計については、国連食糧農業機関 *the United Nations Food and Agriculture Organization* のウェブサイト *http://faostat.fao.org* を参照のこと。
＊サトウダイコンについてさらに知りたい場合は、Henry Hobhouse の *Seeds of Change: Six Plants That Transformed Mankind* (reprint, Shoemaker & Hoard, 2005) に詳しい。

第4章　キャベツ

＊ロバート・バートン Robert Burton の *The Anatomy of Melancholy* (1621) は Project Gutenberg (*www.gutenberg.org/ebooks/10800*) の一部としてオンラインで公開されている。
＊憂鬱なキャベツの夕食についての記述を含め、サミュエル・ピープス Samuel Pepys の日記の全文が見たい場合は、*www.pepysdiary.com* にて閲覧可能。
＊John Winthrop, Jr. が一六五一年にアメリカ移住に際して持ちこんだ種子の完全なリストについては、Ann Leighton の *Early American Gardens*, (Houghton Mifflin, 1970): 190 に記載されている。
＊W・アトリー・バーピー W. Atlee Burpee と彼の作った種子会社についての詳細は、Ken Kraft の *Garden to Order: The Story of Mr. Burpee's Seeds and How They Grow* (Doubleday, 1963) を参照のこと。
＊ミセス・デイヴィッドソンとキャベツ料理の出会いについて詳しく知りたい場合は、M. F. K. Fisher の *Serve It Forth* (Reprint, North Point Press, 2002. First published 1937.) 中の "The Social Status of a Vegetable" を参照のこと。
＊クック船長と壊血病についてさらに知りたい場合は、Francis E. Cuppage の *Captain Cook and the Conquest of Scurvy* (Greenwood Press, 1994) に詳しい。また、Jonathan Lamb の "Captain Cook and the Scourge of Scurvy" がBBCのウェブサイト *www.bbc.co.uk/history/british/empire_seapower/captaincook_scurvy_01.shtml* にて閲覧可能。
＊ブロッコリーそっくりの稲妻については、Ivan Amato の "Sprites Trigger Sky-High Chemistry." *Chemical & Engineering News* 84, no. 12 (2006): 40–41 を参照のこと。
＊宇宙でのキャベツについては、Wheeler, R. M., C. L. Mackowiak, J.C. Sager, W. M. Knott, W. L. Berry による "Proximate Composition of CELSS Crops Grown in NASA's Biomass Production Chamber." *Advances in Space Research* 18 (1996): 43–47 を参照のこと。

＊バイオミメティックスについて詳しく知りたい場合は、Tom Mueller の "Biomimetics: Design by Nature" in National Geographic magazine (April 2008)、Rowan Hooper の "Ideas Stolen Right from Nature." Wired (November 2004)、"Technology that Imitates Nature." The Economist (9 June 2005) を参照のこと。

第5章　ニンジン

＊ピーターラビットがニンジンは食べなかったことについてもっと知りたい場合は、Leslie Linder の *The History of the Tale of Peter Rabbit* (Warne, 1976) に詳しい。

＊ヘンリー・フォードの常軌を逸したニンジン好きについては、William C. Richards の *The Last Billionaire* (Grizzell, 2007. First published 1948) に詳しい。また David L. Lewis の *The Public Image of Henry Ford: An American Folk Hero and His Company* (Wayne State University Press, 1976) にも記述されている。

＊ベジタブル・オーケストラのウェブサイトは www.vegetableorchestra.org。

＊野菜の歴史の研究に絵画を用いる手法については、Zeven, A. C. と W. A. Brandenburg による "Use of Paintings from the 16th to 19th Centuries to Study the History of Domesticated Plants." Economic Botany 40, no. 4 (1986): 397–408 を参照のこと。

＊ニンジンに含まれるカロテノイドについて詳しくは、Harold McGee の *On Food and Cooking: The Science and Lore of the Kitchen* (rev. ed., Scribner, 2004) と David Lee の *Nature's Palette: The Science of Plant Color* (University of Chicago Press, 2007) の記述を参照のこと。また、Simon, Philipp W. と Xenia Y. Wolff の "Carotenes in Typical and Dark Orange Carrots." J. Agric. and Food Chem. 35, no. 6 (1987): 1017–1022 も参照するとよい。

＊生の野菜と加熱した野菜に含まれる栄養の違いについては、Sushma Subramanian の "Fact or Fiction: Raw Veggies Are Healthier than Cooked Ones" Scientific American (March 2009) を参照のこと。この記事については、http://www.scientificamerican.com/article/raw-veggies-are-healthier/ でオンラインにて閲覧可能。

＊「猫目のカニンガム」について知りたい場合は、the November 2010 issue of the Smithsonian's Air & Space magazine に掲載されている Gavin Mortimer の "Cat's Eyes" を参照するとよい。この記事は www.airspacemag.com/history-of-flight/Cats-Eyes.html にてオンラインで閲覧可能。

＊柑皮症について知りたい場合は、*Berton Roueche* の *The Orange Man and Other Narratives of Medical Detection* (Little, Brown and Co., 1971) を参照のこと。

＊栄養強化野菜について詳しくは、*Richard Manning* の "*Super Organics*" in *Wired* (12.05, May 2004) を参照のこと。この記事はオンラインで *http://online.sfsu.edu/rone/GEessays/SuperOrganics.htm* にて閲覧可能。また *Don Baker* の "*Beet Generation*" *Vegetarian Times* (November 2004) でも触れられている。これも *http://vegetariantimes.com/features/editors_picks/377* にてオンラインで閲覧可能。

＊*Natural News Network online* にて、*David Gutierrez* による "*Scientists Genetically Engineer 'Super Carrot' Rich in Calcium*" (1 August 2008) が閲覧可能。ＵＲＬは *www.naturalnews.com/023750_calcium_scientistscarrots.html*。

＊ *Morris, J., K. M. Hawthorne, T. Hotze, S. A. Abrams, K. D. Hirschi* の "*Nutritional Impact of Elevated Calcium Transport Activity in Carrots.*" *Proc. Natl. Acad. Sci.* 105, *no.* 5 (2008): 1431–1435

＊第二次世界大戦中のドクター・キャロットと仲間たちについては、ＢＢＣの "*Dig for Victory!*" と題した記事を *www.bbc.co.uk/dna/h2g2/A2263529* にて閲覧可能。

＊ *Fearnley-Whittingstall, Jane* の *The Ministry of Food: Thrifty Wartime Ways to Feed Your Family* (Hodder & Stoughton, 2010)

＊カブについてさらに詳しく知りたい場合は、*Roger B. Swain* の *Earthly Pleasures: Tales from a Biologist's Garden* (Scribner, 1981) 中の "*A Taste for Parsnips*" を参照のこと。

＊クイーン・アンズ・レースについて詳しくは、*Jack Sanders* の *Hedgemaids and Fairy Candles: The Lives and Lore of North American Wildflowers* (Ragged Mountain Press, 1993)、及び *Claire Shaver Houghton* の *Green Immigrants: The Plants That Transformed America* (Harcourt, Brace, Jovanovich, 1978) を参照のこと。

＊ワールド・キャロット・ミュージアム *World Carrot Museum* のウェブサイトは *www.carrotmuseum.co.uk*。

第６章　セロリ

＊ドクター・ブラウンのセロリトニック及びセロリについての全般的情報は、*Current Contents* 8, *no.* 18 (6 *May* 1985): 3–12 に掲載されている *Eugene Garfield* の "*From Tonic to Psoriasis: Stalking Celery's Secrets*" を参照のこと。

＊セロリ専用の壺の画像や情報については、WorthPoint Corporation のウェブサイト www.worthpoint.com/blog-entry/the-celery-vase-a-prominent-way-to-serve-an-exotic-vegetable で "The Celery Vase: A Prominent Way to Serve an Exotic Vegetable" を参照のこと。また Dorothy Dougherty の Celery Vases: Art Glass, Pattern Glass, and Cut Glass (Schiffer Publishing, 2007) も参照。

＊セロリに含まれるソラーレンについては、E. Finkelsein, U. Afek, E. Gross, N. Aharoni, L. Rosenberg, S. Halevy による "An Outbreak of Phytophotodermatitis Due to Celery." Int. J. Dermatol. 33, no. 2 (1994): 116–118 を参照のこと。

＊ Scheel, Lester D., Vernon B. Perone, Robert L. Larkin, Richard E. Kupel による "The Isolation and Characterization of Two Phototoxic Furanocoumarins (Psoralens) from Diseased Celery." Biochemistry 2, no. 5 (1963): 1127–1131

＊ Jay D. Mann の How to Poison Your Spouse the Natural Way: A Guide to Safer Food (JDM Associates, 2004) は、セロリのソラーレンを含めさまざまな食品の毒性物質について論じている。

＊ジョン・イーヴリン John Evelyn の Acetaria 及び彼の未完の大作 Elysium Britannicum or the Royal Gardens について もっと詳しく知りたい場合は、O'Malley, Therese と Joachim Wolschke-Bulmahn 編集の "John Evelyn's 'Elysium Britannicum' and European Gardening" History of Landscape Architecture シリーズ 17 巻（Dumbarton Oaks Research Library and Collection, 1998）を参照のこと。

www.doaks.org/publications/doaks_online_publications/Evelyn/evel013.pdf にてＰＤＦ形式で閲覧可能。

＊ William R. Snyder は "Celery's Taking Root" the The Wall Street Journal, 29 April 2010 でセロリアックについて論じている。

＊セロリの〝マイナスカロリー〟についての残念な真実は、Anahad O'Connor の Never Shower in a Thunderstorm: Surprising Facts and Misleading Myths About Our Health and the World We Live In (Times Books, 2007) にて説明されている。

第７章　トウモロコシ

＊トウモロコシについての全般的な情報については、Betty Fussell の The Story of Corn (Knopf, 1992) に詳しい。

＊アメリカ国内の州ごとの穀物生産量については、National Agricultural Statistics Service のウェブサイト www.nass.usda.gov を参照のこと。U.S. Grains Council のウェブサイト www.grains.org にも、トウモロコシ及びその他の穀物の

生産量の統計がある。また *Environmental Protection Agency* のウェブサイト *www.epa.gov/agriculture/ag101/cropmajor.html* でもアメリカの主要穀物に関する統計を見ることができる。

＊ポップコーンの歴史については、アンドルー・F・スミス *Popped Culture: A Social History of Popcorn in America* (*Smithsonian Institution*, 2001) を参照のこと。

＊ポップ種のトウモロコシについての統計は、*Agricultural Marketing Resource Center* の *Popcorn Profile* が *www.agmrc.org/commodities__products/grains__oilseeds/corn_grain/popcorn_profile.cfm* にてオンラインで閲覧可能。

＊ウイスキーの歴史については、*Sarah Hand Meacham* の *Every Home a Distillery* (*Johns Hopkins University Press*, 2009)、*Tom Standage* の *A History of the World in 6 Glasses* (*Walker & Co.*, 2005)、*Mary Miley Theobald* の "*When Whiskey Was King of Drink*" *the Colonial Williamsburg Journal* (*Summer* 2008) を参照のこと。

＊ *Joel Barlow* の詩 "*The Hasty Pudding*" (1793) の全編を見たい場合には、*www.poemhunter.com/poem/the-hasty-pudding* にてオンラインで閲覧可能。

＊トウモロコシと吸血鬼の関係についてさらに詳しく知りたい場合は、*Hampl, J. S. and W. S. Hampl, 3rd* の "*Pellagra and the Origin of a Myth: Evidence from European Literature and Folklore.*" *J. of the Royal Soc. of Medicine* 90, *no.* 11 (*November* 1997): 636–639 を参照のこと。

＊ペラグラに関する全般的な情報は、*Daphne A. Roe* の *A Plague of Corn: The Social History of Pellagra* (*Cornell University Press*, 1973)、及び *Walter Gratzer* の *Terrors of the Table: The Curious History of Nutrition* (*Oxford University Press*, 2005) を参照のこと。

＊ハイブリッドコーン（一代雑種トウモロコシ）については、*Crow, James F* の "90 *Years Ago: The Beginning of Hybrid Maize.*" *Genetics* 148, *March* 1998: 923–928 を参照のこと。

＊多様性と遺伝子組み換えトウモロコシについては、*Peter Canby* のすばらしい記事 "*Retreat to Subsistence*" *in The Nation*, 5 *July* 2010: 30–36. を参照のこと。

＊トウモロコシの城についてさらに詳しく知りたい場合は、*Henry Wiencek* の "*House of Corn*" *in Americana, September/October* 1992: 110–112、及びサウスダコタ州ミッチェルの *Corn Palace* のウェブサイト *www.cornpalace.org* を参照のこと。

*ケロッグ兄弟とコーンフレークについては、*Harvey Green* の *Fit for America: Health, Fitness, Sport and American Society* (Pantheon Books, 1986)、及び Gerald Carson の "*Cornflake Crusade*" in *American Heritage* 8, no. 4 (June 1957): 66–85 を参照のこと。

第8章　キュウリ

*ランドン・カーターについて詳しく知りたい場合は、Rhys Isaac の *Landon Carter's Uneasy Kingdom: Revolution and Rebellion on a Virginia Plantation* (Oxford University Press, 2004) を参照のこと。

*ランドン・カーターの日記の抜粋は、National Humanities Center のウェブサイト *http://nationalhumanitiescenter.org/pds/becomingamer/economies/text5/landoncarterdiary.pdf* にて閲覧可能。

*毒のあるキュウリについてはサミュエル・ピープスの日記に記述があり、*www.pepysdiary.com* にてオンラインで閲覧可能。

*バーナード・マクマホンについては、Peter J. Hatch の "*Bernard McMahon, Pioneer American Gardener*" *Monticello* 発行の *Twinleaf Journal* (January 1993) に詳しい記述があり、*www.monticello.org/site/house-and-gardens/bernard-mcmahon-pioneer-american-gardener* にてオンラインで閲覧可能。

*ピクルスについてもっと知りたい場合は、David Mabey と David Collison のあらゆるピクルスを称える著書 *The Perfect Pickle Book* (Grub Street, 2007) が詳しい。

*ヘンリー・ハインツについてさらに詳細な情報が欲しい場合は、Robert C. Alberts の *The Good Provider: H. J. Heinz and His 57 Varieties* (Houghton Mifflin, 1973) を参照のこと。

*ビルマのキュウリ王の話は G. E. Harvey の *History of Burma* (Asian Educational Services, 2000. First published 1925): 18–19 に記載されている。

第9章　ナス

*ナスについてさらに詳しく知りたい場合は、Daunay, Marie-Christine と Jules Janick の "*History and Iconography of Eggplant.*" *Chronica Horticulturae* 47, 2007: 16–22. を参照のこと。

*中国のナスの栽培化に関する仮説について詳しくは、*Wang, Jin-Xiu, Tian-Gang Gao, and Sandra Knapp* の“*Ancient Chinese Literature Reveals Pathways of Eggplant Domestication.*” *Annals of Botany* 102, *no.* 6 (2008): 891–897 を参照のこと。

*中世の本である *Tacuinum Sanitatis* の図版と本文は *www.godecookery.com/tacuin/tacuin.htm* にてオンラインで閲覧可能。

*デルモニコスの歴史については、*the American Heritage Cookbook and Illustrated History of American Eating and Drinking (American Heritage Publishing,* 1964) に詳しい。

*中東の脂尾羊については、*Reay Tannahill* の *Food in History (Three Rivers Press,* 1988) を参照のこと。

*ナスに含まれるフェノール化合物についてもっと詳しく知りたい場合は、*Stommel, J. R.* と *B. D. Whitaker* の “*Phenolic Acid Content and Composition of Eggplant Fruit in a Germplasm Core Subset.*” *J. of Amer. Soc. for Horticultural Science* 128, 2003: 704–710 を参照のこと。

*コロラドハムシについては、*Andrei Alyokhin* の “*Colorado Potato Beetle Management on Potatoes: Current Challenges and Future Prospects.*” *Fruit, Vegetable and Cereal Science Biotechnology* 3: 10–19 を参照。オンラインで *www.potatobeetle.org/Alyokhin_CPB_Review_reprint.pdf* にて閲覧可能。

*「人食いトマト」については、*Vacation Tourists and Notes of Travel in* 1861 *(Francis Galton* 編 , *Macmillan and Co.,* 1862*)* におさめられた *Berthold Seemannniyoru* の “*Fiji and Its Inhabitants*”(249-292) に記載されている。

*カール・サンドバーグ *Carl Sandburg* のすばらしい物語 *Rootabaga Stories* についてもっと知りたい場合には、*Ross Simonini* の “*Carl Sandburg Stops Making Sense*” を参照のこと。*http://www.poetryfoundation.org/article/238530* にてオンラインで閲覧可能。またこの物語の 1922 年度版が挿絵付きで、*www.gutenberg.org/files/27085/27085-h/27085-h.htm* にて閲覧可能。

第 10 章　レタス

* *Historia Augusta* の英訳は *http://penelope.uchicago.edu/Thayer/E/Roman/Texts/Historia_Augusta* にてオンラインで閲覧可能。

*レタスのラテックスについてもっと詳しく知りたい場合は、*Hagel, J. M., E. C. Yeung* と *P. J. Facchini* による “*Got*

Milk? The Secret Life of Lactifers." *Trends in Plant Science* 13, *no.* 12 (*December* 2008): 631–639 に記述がある。
＊精力をつける〝ミステリアスなエジプトのレタスについて書かれた *Rosella Lorenzi* の記事 "*Egyptians Ate Lettuce to Boost Sex Drive*" *ABC Science*, 29 *June* 2005 は、*www.abc.net.au/science/articles/archive/* にてオンラインで閲覧可能。
＊ *de Vries, I. M.* "*Origin and Domestication of Lactuca sativa L.*" *Genetic Resources and Crop Evolution* 44, *no.* 2 (1997): 165–174
＊中世の本である *Tacuinum Sanitatis* の図版と本文は *www.godecookery.com/tacuin/tacuin.htm* にてオンラインで閲覧可能。
＊トマス・ジェファーソンの作っていたレタスについてさらに詳しく知りたい場合は、*Peter J. Hatch* の "*Lettuce: Monday Morning Madness*" *Twinleaf Journal*, 2008 が、オンラインで *www.monticello.org/site/house-and-gardens/twinleaf-journal-online* にて閲覧可能。
＊クロロフィルｆについて詳しくは、*Ferris Jabr* の "*A New Form of Chlorophyll?*" *Scientific American* (19 *August* 2010) を参照のこと。これはオンラインで *www.scientificamerican.com/article.cfm?id=new-form-chlorophyll* にて閲覧可能。また *Rachel Ehrenberg* の "*Chlorophyll gets an 'F'* " *ScienceNews* 178, *no.* 6 (*September* 2010): 13 にも記述があり、*www.sciencenews.org/view/generic/id/62400/title/Chlorophyll_gets_an_'f* にて閲覧可能。
＊一九五〇年代にクロロフィル入りの商品が大流行したことについては、*Paul Sann* の *Fads, Follies, and Delusions of the American People* (*Bonanza Books*, 1967: 131–135) 中の "*The Time of the Green*"、及び *Dick Dempewolff* の "*The Bright Green Chlorophyll World*" *Popular Mechanics Magazine* (*January* 1953: 8–10, 30) を参照のこと。
＊その他、*Galston, Arthur W.* の "*An Uncolored View of Chlorophyll.*" *Engineering & Science*16, *no.* 4 (1953): 17–19 も *http://calteches.library.caltech.edu/144/01/Galston.pdf* にてオンラインで閲覧可能。

◆著者
レベッカ・ラップ（Rebecca Rupp）
児童文学作家、テクニカルライター。子供向けや大人向けの十冊以上の著作がある。細胞生物学および生物科学の分野で博士号取得。多くの雑誌に寄稿している。米国バーモント州在住。

◆訳者
緒川久美子（おがわ・くみこ）
フィクション、実用書など幅広い分野の翻訳を手がけている。

カバー画像　ジュゼッペ・アルチンボルド『ウェルトゥムヌスに扮したルドルフ二世』1590年頃、スクークロスター城

ニンジンでトロイア戦争《せんそう》に勝《か》つ方法《ほうほう》　上

世界《せかい》を変《か》えた20の野菜《やさい》の歴史《れきし》

●

2015年1月31日　第1刷

著者……………レベッカ・ラップ
訳者……………緒川久美子《おがわくみこ》
装幀……………川島進（スタジオ・ギブ）
発行者……………成瀬雅人
発行所……………株式会社原書房
〒160-0022 東京都新宿区新宿1-25-13
電話・代表　03(3354)0685
http://www.harashobo.co.jp/
振替・00150-6-151594
印刷　…………新灯印刷株式会社
製本……………小高製本工業株式会社

ISBN 978-4-562-05130-4, printed in Japan